오 타 줄 리 아

일본열도에 피어난
조선의 꽃

오타 줄리아

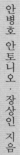

안병호 안토니오 · 장상인 지음

이른아침

이 글을 지금도

신앙의 자유가 없는 북한에서

천주 신앙을 가슴에 묻고 살아가는

한 여인에게 보낸다.

오타(大田) 줄리아(Julia, ?~?)

임진왜란 때 일본에 볼모로 잡혀간 조선인 동정녀(童貞女). 도쿠가
와의 천주교 금교령에 따라 오시마[大島], 고즈시마[神津島]에 유배
되었다. 평생을 독신으로 절조를 지키며 독실한 신앙과 덕행을 쌓았
던 까닭에 오시마 섬과 고즈시마 섬의 수호성인으로 받들어진다.

_ 《두산백과》의 〈오타 줄리아〉 항목 중에서

序

오타 줄리아(大田 Julia, ?~?).

우선 생몰 연대가 모두 미상이다. 태어난 곳과 임종한 곳도 구체적이지 않다. 사실 '오타 줄리아'라는 이름에 대해서조차 학자들은 여전히 논쟁 중이다. '오다'인지 '오타'인지 혹은 '오다아'나 '오타아'인지 불분명하고, 왜 그런 이름이 붙었는지 모른다. 줄리아(juila)라는 천주교 세례명만 명확하고 확실하다. 일본으로 끌려간 이후 그 신분이 어떠했는지, 직업이 무엇이었는지, 역시 아무도 정확히 모른다. 마지막 유배지였던 고즈시마(神津島) 섬의 사람들은 1970년 이후 해마다 5월이 되면 그녀의 무덤 앞에서 축제를 열지만, 그 무덤 역시 실제로 오타 줄리아의 무덤인지 논란이 계속되고 있다.

그러나 허상의 인물이 아니다. 기록의 부족에도 불구하고 그녀의 흔적과 자취는 역력하다. 우선 당시 일본에 주재하던 서양인 선교사들의 여러 서신(書信)에 그녀에 대한 기록들이 적지 않게 남아있다.

이런 기록들을 바탕으로 루이스 메디나(Juan G. Ruiz de Medina, 1927~2000) 신부가 쓰고, 박철 교수가 번역하여 국내에 소개한 『한국천주교 전래의 기원(1566~1784)』에 오타 줄리아에 관한 적지 않은 기록들이 들어있다. 또 한국천주교 초대 교구장이었던 브뤼기에르(Barthelemy Bruguiere, 1792~1835) 주교의 서한집에 들어있는 〈조선천주교회 약사〉에도 오타 줄리아에 대한 기록이 보인다. 이런 사료들을 토대로 일본과 한국의 여러 역사학자와 종교학자들이 오타 줄리아 관련 논문과 글을 써서 발표하기도 했다.

이 책은 그런 흔적들을 바탕으로 임진왜란 때 일본으로 끌려가 마침내 자신이 유배되었던 섬의 수호성인이 된 조선 출신의 동정녀, 온갖 유혹과 핍박 속에서도 독실한 신앙과 덕행을 끝까지 포기하지 않았던 한 여인의 삶을 감히 되살려 보려 한다. 꼼꼼하고 세밀하게 한 인간의 삶을 충실히 기록하기에는 역사적 자료가 태부족이므로 부득이 상상력을 가미하지 않을 수 없었다. 때때로 주관적인 판단도 개입되었다. 그러나 상상과 주관은 최소한의 선에 그치려 나름대로 애를 썼다.

만약 실제로 이 책이 완전한 허구가 아니라 그나마 오타 줄리아의 전기에 가깝게 기술되었다면, 이는 전적으로 안효진 세실리아 수녀님의 덕분이다. 수녀님의 논문 〈오타 줄리아의 생애와 영성〉에서 나 혼자의 힘으로는 구할 수 없었을 많은 사실과 자료들을 얻었다. 논문과 자료를 선뜻 내어주신 수녀님께 이 자리를 빌어 거듭 감사의 말씀을 전한다.

이 책의 제2부 원고를 써주신 장상인 선생을 만나게 된 것도 큰 행운이었다. 오타 줄리아의 행적을 좇아 일본 전역을 순례하는 등 나 못지않게 그녀에게 관심과 애정이 많은 데다가, 평생 언론과 홍보로 잔뼈가 굵은 분이어서 사실과 감상이 명확하게 구분되는 글을 써주었다. 이로써 나의 글만으로는 부족했을 커다란 여백들이 메워졌다.

수녀님과 장 선생의 통달한 일본어 실력과 해박한 역사 지식도 큰 보탬이 되었다. 1부와 2부의 문투가 다르고 주장에 차이가 있는 것은 두 사람이 각각 별도로 썼기 때문이다. 독자들의 혜량을 바란다. 아울러 미진하고 그릇된 부분에 대한 질정을 기대한다.

이 책이 지금은 많은 사람들의 기억에서 잊혀진, 그러나 한국인과 일본인 누구도 잊어서는 안 될 한 여인의 용감하고 아름답고 성스러운 삶과 사랑을 조명하는 데 작은 반딧불 역할이라도 해주기를 기원한다.

2018년 10월
안병호 안토니오

차 례

제1부

오타大田 줄리아 전傳

안병호 안토니오

제 2 부

흔적을 찾아서

장상인

제1부

오타大田 줄리아 전傳

조선의 임금 선조(1552~1608)

충무공 이순신 장군(1548~1598)

일본을 통일한 도요토미 히데요시(1537~1598)

임진왜란의 제1군 사령관 고니시 유키나가(?~1600)

고니시의 라이벌 가토 기요마사(1562-1611)

일본의 천하통일을 완성한 도쿠가와 이에야스(1543~1616)

......

모두 오타 줄리아와 동시대를 살았던 인물들이다.

1

동정童貞

> 도쿠가와 이에야스는 줄리아를 매우 사랑해서
> 그녀와 결혼할 생각까지 했다.
> 그러자면 줄리아가 개종해야만 했다.
> 그러나 줄리아는 독재 군주의 청을 단호히 거절하고
> 즉석에서 동정 서원을 했다.
> _ 브뤼기에르 주교, 〈조선천주교회 약사〉 중에서

1592년 왜국의 도요토미 히데요시(豊臣秀吉)가 조선을 침공했을 때, 당시 왜군의 제1군 선봉장이었던 고니시 유키나가(小西行長)에게 잡힌 한 소녀가 그의 영지로 보내져 성주 부인의 시종이 된다. 거기서 성주 부인의 딸처럼 지내다가 서양인 신부에게 세례를 받고 기독교인이 된다. 하지만 7년 전쟁의 종전과 함께 고니시 가문은 멸망한다. 이후 그녀는 고니시 가문을 멸망시킨 장본인이자 일본 역사상 전무후무한 권력자였던 도쿠가와 이에야스(德川家康)의 궁정으로 옮겨가고, 거기서 다시 관직을 받은 신분으로 지내다가, 기독교 박해가 시작되자 고도(孤島)에 유배된다. 기독교를 버리고 자신의 측실이 되라는 이에야스의 청과 명령을 단호히 거부한 이 여인은 유배지인 작은 섬에서 가난한 어부들에게 글과 교리를 가르치고, 아픈 사람들을 치료해 주다가 생을 마친다. 그 섬의 사람들은 400년 동안 그녀를 수호성인으로 받들어 모시고 있다.

이 허구 같은 이야기는 그러나 대부분 명백한 사실이고, 주로 당시 일본에 주재하던 선교사들의 기록에 의해 모자이크되고 있다.

조선천주교회 초대 교구장으로 임명된 브뤼기에르 주교는 마카오에 머물던 1832년 12월 14일, 조선 선교에 사용할 자금을 보내준 프랑스의 리옹전교후원회에 감사의 서한을 보낸다. 이 편지의 말미에 〈조선천주교회 약사〉가 서술되어 있는데, 다음과 같이 시작된다.

16세기 말에 복음이 처음으로 조선에 전해졌다. 일본의 통치자 도요토미 히데요시가 조선을 침공했을 때 일본군 장수 중 상당수가 가톨릭 신자였다. 이들 신입 교우 장수들은 무력으로 조선인들을 제압한 다음, 그들에게 교리를 가르쳐 복음의 멍에를 씌우려고 했다. 일본 가톨릭 장수들의 애덕(愛德)과 순결하고 모범적인 삶은 조선인들에게 큰 감동을 주었고 일본군과 동행한 사제들의 말에 힘을 실어주었다. 그래서 상당수의 조선인이 개종했지만, 복음의 빛은 조선에 잠깐 비치다가 그만 꺼지고 말았다.

히데요시의 뒤를 이어 통치한 악독한 도쿠가와 막부의 영주들은 200만 그리스도인들에 대해서 전국적으로 학살을 자행했다. 그리스도교를 믿는 조선인들도 이 금교령으로 희생되었을 것이다. 교회사를 보면 이 무시무시한 박해 때 순교한 조선인들의 이름이 몇몇 적혀 있다. 이 박해로 말미암아 일본의 그리스도교는 철저히 무너졌다.

우리로서는 납득하기 어려운 대목들이 없는 것은 아니다. 일본인 크리스천 장수들의 '애덕과 순결하고 모범적인 삶'이 조선인들에게 큰 감동을 준 나머지, 많은 조선인이 개종하게 되었다는 부분 등이 그렇다.

하지만 우리 교회사의 시작이 언제부터인지를 논할 때 반드시 참고하지 않으면 안 될 내용이 포함되어 있고, 일본으로 끌려가 일본에서 기독교인으로 살다가 순교한 조선인들에 대한 이야기도 담겨 있어서 역사적으로 중요한 기록이 아닐 수 없다. 일본으로 끌려가 거기서 기독교인으로 살다가 죽어간 조선인들도 명백한 조선인임이 분명하고, 그들의 신앙생활 또한 우리 교회사의 일부가 되어야 함은 상식일 것이다.

하지만 이들에 대한 교회의 관심과 연구는 아직도 많이 부족한 것이 현실이다. 오타 줄리아 역시 이런 관심 부족의 결과로 여전히 우리나라 교인이나 일반인들에게는 아직 낯선 존재로 남아있다.

브뤼기에르 주교는 이어지는 서한에서 일본의 천주교 박해 과정과 조선천주교회의 역사를 압축적으로 서술하고, 조선의 초기 교회사에서 언급하지 않을 수 없는 주요 인물들의 행적에 대해서도 비교적 소상히 기록하고 있다.

그가 다룬 첫 번째 인물은 가이오(Caius, ?~1624) 수사로, 일본에서 화형을 당한 조선 출신 수사였다. 오타 줄리아와 마찬가지로 임진왜란 당시 끌려간 피로인 출신이다. 그의 이야기는 이 책의 제2부에 실린 〈희망과 굴절, 비애의 나가사키 항〉 편에도 소개되어 있다. 두 번째 인물은 권 빈첸시오(1581~1626) 수사다. 오타 줄리아와 마찬가지로 고니시 유키나가에게 붙잡혀 일본으로 끌려간 뒤, 조선인 최초의 수사가 되었고 역시 화형을 당해 순교한 인물이다.

그리고 세 번째 인물이 우리의 주인공, 오타 줄리아다. 그녀에 관해 브뤼기에르 신부는 이렇게 기록했다.

3) 동정녀 오타 줄리아

거의 같은 시기에 조선 처녀 오타 줄리아도 비슷한 용기를 보여 주었다. 도요토미 히데요시의 후임 군주인 도쿠가와 이에야스가 전국에 박해를 일으켰는데, 이 박해는 그리스도교가 일본에서 소멸될 때까지 계속되었다. 그는 그리스도교를 신봉하는 제국의 모든 고관과 궁중의 모든 부인이 배교(背敎)하길 바랐다. 그러나 그는 이들 모두의 항구한 신앙심을 이길 도리가 없음을 깨닫게 되었다.

고귀한 피를 타고난 줄리아는 도쿠가와 이에야스 군주의 궁에서 자랐다. 도쿠가와 이에야스는 줄리아를 매우 사랑해서 그녀와 결혼할 생각까지 했다. 그러자면 줄리아가 개종해야만 했다. 그러나 줄리아는 독재 군주의 청을 단호히 거절하고 즉석에서 동정 서원을 했다.

그녀는 자신이 그리스도인이라는 것을 공공연히 드러냈을 뿐 아니라, 그리스도인들이 모이는 여러 집에 드나들곤 했는데, 이는 일본에서 파격적인 처신이었다. 일본 여자들은 여럿이서 함께 외출하고, 그것도 아주 드물게 집을 나선다. 줄리아는 일부러 파격적인 처신을 일삼아서 어떻게 하든지 군주로부터 순교의 영예를 얻고자 했던 것이다. 박해 시대에 그렇게 처신하는 것은 화형 또는 그보다 더 지독한 형벌을 자초하는 일이었다. 군주는 외국인 처녀 하나를 제압하지 못하는 것을 수치로 여긴 나머지 온갖 방법으로 그녀를 공략했다. 그러나 줄리아를 이길 방법이 없게 되자 그녀를 궁정의 다른 두 여자와 함께 심복 부하에게 넘겼다.

줄리아는 그 심복에 의해 이 섬 저 섬으로 유배되었다. 마침내 줄리아는 동료들과 떨어져서 가난한 어부들이 오두막집에 기거하는 고도(고즈시마, 神津島)에 홀로 유배되어 40년을 보냈으니, 거의 한평생 유배 생활을 한 셈이었다.

인간적으로는 위로를 받을 길이 없었지만, 그녀는 하느님의 풍성한 은총을 받았다. 한 가지 아쉬운 점이 있었다면, 예수 그리스도를 위해서 피를 쏟아 순교할 수 없었다는 것이었다. 줄리아는 예수회(耶蘇會) 선교사에게 쓴 편지에서 "순교하지 못해서 슬프다"는 말을 한 적이 있다. 선교사는 줄리아에게 보낸 답신에서, "교회는 순교자 못지않게 신앙 때문에 유배된 이들을 공경한다"고 하면서 "순교의 기회를 놓쳤다고 해서 아쉬워할 필요가 없다"고 위로했다. 이 말을 들은 줄리아는 매우 기뻐하면서 모든 불안을 극복했다.

이 글을 쓴 브뤼기에르 주교는 오타 줄리아와 동시대의 인물은 아니다. 1832년에 작성한 문서이니 오타 줄리아의 활동 시대로부터 대략 200년 뒤에 정리한 것이다. 그런데도 오타 줄리아의 활동상과 신앙생활의 모습이 손에 잡힐 듯이 선명하게 그려져 있다. 그만큼 세월의 간극을 넘어 오타 줄리아의 이야기가 많은 사람들에 의해 전승되고 있었거나, 더 자세한 기록이 있었다는 의미다.

여기서는 우선 브뤼기에르 주교의 이 글을 통해 확인할 수 있는 오타 줄리아의 몇 가지 모습을 정리해보기로 하자.

첫째, 줄리아는 '고귀한 피를 타고났다'고 했다. 일차적으로 그녀의 출신 성분에 관한 묘사로 이해할 수 있다. 오타 줄리아의 출신 집안이나 가문에 대해서는 명확한 기록이 없는데, 후대의 기록 중에는 조선의 왕녀(王女)였다는 내용도 있어 다분히 논쟁적이다. 브뤼기에르 주교가 '고귀한 피'를 운운한 데에는 연유가 있을 것이나 그 구체적인 근거를 밝히지 않았으니 아쉬울 따름이다.

둘째, 줄리아는 도쿠가와 이에야스의 궁중에서 자랐다고 했다. 브뤼기에르 주교의 이 글에는 나와 있지 않지만, 줄리아를 처음 일본으로 데려간 인물은 고니시 유키나가였다. 그의 성에서 살다가 나중에 도쿠가와 이에야스의 궁중으로 다시 옮겨갔다고 하는 것이 정확한 사실에 가깝다. 이는 고니시 집안의 멸문에 따른 것으로, 그 과정은 뒤에서 상세히 살펴보기로 한다.

셋째, '도쿠가와 이에야스는 줄리아를 매우 사랑해서 그녀와 결혼할 생각까지 했다'고 했다. 실제로 이에야스는 줄리아를 자신의 측실로 취하기 위해 갖은 협박과 유혹을 마다하지 않았다. 유배를 떠나는 과정에서도 이런 유혹과 협박은 계속되었다. 그런 유혹이 좌절될 때마다 이에야스는 줄리아를 더 먼 섬으로 옮기도록 했다. 줄리아가

줄리아의 십자가 : 오타 줄리아가 유배되었던 고즈시마에는 그녀를 기리는 대형 십자가와 전망대가 설치되어 많은 참배객들이 찾고 있다.

오시마(大島)와 니지마(新島)를 거쳐 최종적으로 고즈시마(神津島)에 이른 것은 이 때문이었다.

넷째, 줄리아는 이에야스의 협박과 유혹에 굴하지 않고 '동정 서원'으로 맞섰다. 동정 서원이란 하느님을 위하여 성모 마리아처럼 동정을 지키기로 약속하는 서원이다. 그녀는 자신이 믿는 하늘의 왕을 기쁘게 하는 일에만 관심이 있을 뿐, 세속의 왕이나 자신의 부귀영화를 위해 신앙을 버릴 생각이 추호도 없었다.

다섯째, 줄리아는 박해의 시대에도 거리낌 없이 기독교인임을 드러내고, 심지어 순교자가 되길 소망했다. 그녀는 '일부러 파격적인 처신을 일삼아서 어떻게 하든지 군주로부터 순교의 영예를 얻고자' 했으며, "순교하지 못해서 슬프다"고까지 했다.

여섯째, 배교하지 않는 줄리아 때문에 수치심을 느낀 이에야스는 결국 그녀를 절해고도로 유배시킨다. 이 과정에서 이에야스는 '온갖 방법으로 그녀를 공략'했다. 하지만 그녀의 신앙심을 꺾을 수는 없었다.

일곱째, 브뤼기에르 주교는 줄리아가 40년 동안, 즉 거의 한평생 유배 생활을 했다고 적었다. 그러나 이 기록은 나중에 밝혀진 다른 기록들과는 배치되는 것이다. 줄리아는 유배 5년여 만에 절해고도에서 본토로 돌아온 것으로 보이며, 그 죽음의 때와 장소에 관해서는 구체적으로 알려진 것이 없다. 다만 본토에 돌아와서도 여전히 그 신앙을 지키고 하느님을 위해 헌신하는 삶을 살았음을 확인할 수 있다.

이상에서 소개한 브뤼기에르 주교의 글에는 선교사들의 서한에서 나타나는 중요한 요소들이 빠짐없이 나열되어 있고, 그러한 요소들을 잘 구성한 깔끔한 문체도 돋보인다. 순교자로 확인되지 않은 오타 줄리아의 이야기를 조선 초기 교회사의 세 번째 인물로 선정하여 자세히 다루었다는 점 역시 주목하지 않을 수 없는 부분이다.

2

오타 大田

오타 줄리아는 궁정에서나 유배지에서나
언제든 기회가 될 때마다 열정적으로 선교하는 삶의 모범을 보였다.
또 목숨을 걸고 정결을 지키는 철저한 하느님 사랑의 삶을 살았다.

_ 안효진 세실리아, 〈오타 줄리아의 생애와 영성〉 중에서

오타 줄리아의 생애를 본격적으로 살펴보기 전에, 지금까지 우리에게 알려진 오타 줄리아에 대해 잠깐 정리해보기로 하자. 이 방면에서는 안효진 세실리아 수녀의 논문 〈오타 줄리아의 생애와 영성〉이 크게 도움이 된다. 지금까지 밝혀진 학계의 연구성과를 충실히 반영하고 있을 뿐만 아니라, 오타 줄리아의 삶과 영성에서 핵심적인 부분이 무엇인지 일목요연하게 설명하고 있기 때문이다.

긴 논문의 내용을 여기서 일일이 소개하기는 어렵고, 논문의 서두에서 저자가 직접 정리한 내용을 축약하여 옮겨본다.

오타 줄리아(Ota Julia)의 생애와 영성(靈性)에 대한 연구는 다음과 같은 순서로 이루어졌다.

첫째, 임진왜란과 정유재란 당시 일본으로 끌려간 조선 피랍인의 실태와 일본에서의 생활, 그리고 세례를 받은 조선 천주교인들의 삶과 순교에 대해 살펴보았다. 둘째, 오타 줄리아의 출생연도, 출신지, 출생 신분, 성명의 문제, 세례와 고니시 유키나가 가문과의 관계, 도쿠가와 이에야스 가문으로의 신분 이적과 궁정 생활, 유배와 해배, 그리고 마지막 모습을 살펴보았다. 셋째, 오타 줄리아의 생애를 통하여 드러난 영성을 고찰하였다.

(중략)

연구한 결과는 다음과 같이 요약할 수 있다.

첫째, 임진왜란과 정유재란 당시 일본으로 끌려간 조선인 피랍인은 약 10만으로 추정하며, 이 조선인 피랍인들 중 대부분은 경작 노예, 가사 노예, 전매 노예 등으로 취급되었고 오타 줄리아도 그들 가운데 한 사람이었다. 이들 조선인 피랍인들 중 천주교인이 되어 순교한 사람들도 많았다.

둘째, 오타 줄리아의 출생연도, 출신지, 출생 신분을 증명할 사료는 하나도 없으며, 한국어 성과 이름도 알 수 없다. 다만, 기록을 통해 알 수 있는 것은 다음과 같다.

- 1596년 5월 : 줄리아라는 이름으로 고니시 유키나가 집안에 소속되어 모레홍 신부에게 세례를 받았다.
- 1605~1611년 : 도쿠가와 이에야스의 궁정에서 그의 총애를 받으며 생활했다.

- 1612년 : 천주교 신앙을 버리지 않는다는 이유로 1615년까지 고즈시마(神津島)로 유배되었다. 그녀는 궁정에서뿐만 아니라 유배지에서 하느님과 더 깊이 일치하여 초탈한 생활을 하였다.
- 그 후 해배되어 1619년에는 나가사키(長崎), 1622년에는 오오사카(大阪)에 살았다. 선교사들의 서한에 따르면 줄리아는 이곳에서도 성 콘프라디아(Confradia)라는 신심회를 도우며 가난한 여아들을 가르치는 일을 계속했다. 이를 끝으로 그 후 그녀의 마지막 행적은 전해지지 않는다.

셋째, 서한을 통해 확인되는 오타 줄리아의 영성은 다음과 같이 요약할 수 있다.

- 그녀는 피랍인 생활조차 하느님의 섭리로 인식하고 감사하는 삶을 살았다.
- 고해와 영성체를 자주 하는 신앙생활을 하였다.
- 박해의 위기가 닥쳤을 때 모든 것을 가난한 이들에게 나누어 주고 자신은 더욱 가난을 실천하였다.
- 궁정에서나 유배지에서나 언제든 기회가 될 때마다 열정적으로 선교하는 삶의 모범을 보였다.
- 목숨을 걸고 정결을 지키는 철저한 하느님 사랑의 삶을 살았다.

이처럼 오타 줄리아에 대해서는 여전히 많은 부분이 의문에 싸여 있는 것도 사실이다. 안효진 수녀가 밝힌 것처럼 "오타 줄리아의 출생 연도, 출신지, 출생 신분을 증명할 사료는 하나도 없으며, 한국어 성과 이름도 알 수 없다." 하지만 필자가 보기에 오타 줄리아의 실제 삶

줄리아의 무덤으로 추정되는 묘지 : 그녀가 유배되었던 고즈시마에 있으며, 2층의 방형 탑이다. 사람들은 이 무덤에 기도하면 아픈 곳이 낫는다고 믿어왔다. 탑신에 십자가 문양이 보인다.

을 되살리는 문제에 있어서 이런 다소의 모호함은 그다지 큰 문제가 아니다.

이름이나 생몰 연대가 중요한 게 아니고, 고향이나 피랍된 장소가 핵심도 아니다. 왕족이냐 천민이냐의 문제도 논쟁의 소재로 삼을 수는 있겠으나 오타 줄리아라는 한 인물의 실체를 밝히는 문제에서는 핵심이 아니다. 필자가 이런 문제들보다 더 중요하게 생각하는 것은 일본에서, 특히 도쿠가와 이에야스의 궁중에 사는 동안 그녀가 어떤 역할을 담당했는가 하는 것이다.

이에야스의 궁중에서 생활할 당시 오타 줄리아는 과연 어떤 역할을 수행하고 있었을까? 어떤 일을 맡아보는 어떤 신분의 여인이었기에 절대권력자는 그녀를 사랑하면서도 강제로 취하지 못했을까? 어

① 조선
오타 줄리아는 조선 출신으로 임진왜란 당시 왜장 고니시 유키나가의 포로가 되었다.

③ 도쿠가와의 슨푸성
고니시가 사망한 후 오타 줄리아는 도쿠가와 이에야스의 성으로 옮겨갔다.

④ 고즈시마
도쿠가와의 배교 명령과 측실 제안을 거부한 오타 줄리아는 절해고도 고즈시마에 유배되었다가 도쿠가와 사망 이후 해배되었다.

② 고니시의 우도성
일본으로 끌려간 오타는 한동안 고니시 유키나가의 영지인 우도성에서 생활했고, 여기서 기독교인이 되었다.

오타 줄리아의 이동 경로 및 주요 활동 무대

떤 여인이었기에 줄리아는 그의 요청과 명령을 거부하고도 목숨을 부지할 수 있었을까? 어떤 신분이었기에 그 엄혹한 박해의 시대에 가마를 타고 귀양길에 올랐으며, 조선 출신 여인이 노비를 거느리고 재산을 소유할 수 있었을까?

이미 밝혀진 사실들만으로도, 그녀가 허드렛일이나 맡아보던 천민이나 노예가 아니었음은 분명하다. 그녀는 상당한 재산을 소유하고 있었고 아랫사람들과 하인들도 거느리고 있었다. 귀부인 복장을 했고, 이에야스의 수하들도 그녀만은 함부로 다루지 못했다. 심지어 그녀가 유배형을 받고 난 후에도 그랬다.

그렇다고 그녀가 이에야스의 세속적인 여인이었던 것도 아니다. 브뤼기에르 주교의 서신에 따르면 "도쿠가와 이에야스는 줄리아를 매우 사랑해서 그녀와 결혼할 생각"까지 했다. 그러자면 줄리아가 개종을 해야만 했다. 그러나 줄리아는 독재 군주의 청을 "단호히 거절하고 즉석에서 동정 서원을 했다."

순교의 기회를 스스로 노렸던 그녀에게 유혹이나 겁박이 통할 리 없었다. 이에야스도 그걸 잘 알았고, 수많은 천주교인들을 화형으로 불태우고 참수하면서도 그녀만은 유배에 처하는 것으로 그쳤다.

그야말로 특별한 사정이 있지 않고서는 상식적으로 가능하지 않은 일이다. 오타 줄리아는 과연 어떤 존재였던 것일까?

이 풀기 어려운 의문에 명쾌한 답을 해주는 역사 기록은 없다. 구체적이고 사실적이며 시시콜콜한 부분까지 기록하기를 주저하지 않는 일본의 역사가들이, 도쿠가와 가까이에서 생활하던 오타 줄리아에 대해 한마디도 언급하지 않은 이유는 과연 무엇일까? 여기에는 대체 어떤 비밀이 숨겨져 있는 것일까?

필자는 오타 줄리아가 의녀(醫女), 말하자면 도쿠가와 이에야스의 주치의 역할을 했을 것이라는 많은 사람들의 짐작과 의견에 동의한다. 이런 의견은 사실 오래전부터 있었다. 특히 오타 줄리아가 유배 생활을 했던 섬들에서 그녀는 수호성인, 특히 아픈 사람들을 치유해주는 치유자의 역할을 맡았던 것으로 여겨진다.

그녀가 거쳐 갔던 오시마 섬에는 그녀를 기리는 오타이 묘진이 있는데, 이곳에 빌면 학질을 낫게 해준다는 민간신앙이 오랫동안 전해져 내려오고 있다. 고즈시마 섬에는 그녀의 묘지에 가서 빌면 부인병을 치료할 수 있다는 믿음이 전해지고 있다. 어린 시절 할머니로부터 "오타 줄리아에게 빌면 아픈 곳이 낫는다"는 이야기를 들으며 자랐다는 섬 주민도 있다. 사람들 사이에서 오타 줄리아는 수백 년 동안 탁월한 치유력을 지닌 의사요 수호성인으로 인식되고 있었던 것이다.

이런 신앙과 전설이 근거 없이 생겨났을 리는 만무하다. 신앙인으로서의 오타 줄리아 외에 또 하나의 정체성을 든다면 그것은 바로 의사로서의 오타 줄리아다. 이런 민간신앙과 전설을 토대로 이미 여러 소설과 연극 등에서 오타 줄리아를 의녀의 모습으로 그리고 있다.

이에야스는 마지막 순간에 급체로 사망했는데, 당시 줄리아는 머나먼 고도에 유배 중이었고, 다른 의원들의 잘못된 처방으로 결국 숨을 거두었다. 노익장을 과시하던 그의 곁을 오타 줄리아가 여전히 지키고 있었다면 어땠을까? 급체로 죽어가던 이에야스는 자신이 유배를 보낸 오타를 얼마나 간절히 그리워했을까?

절대권력 도쿠가와가 허무하게도 급체로 사경을 헤매던 그 시각, 오타 줄리아는 가난과 질병과 굶주림이 일상인 절해고도의 어민들 사이에서 고고한 신앙인이자 치유의 능력자로 존경과 사랑을 한몸에 받고 있었다.

3

전쟁戰爭

아무도 원하지 않은 전쟁이
도요토미 히데요시의 무모함에 의해 저질러졌다.

– 세스페데스 신부의 서한 중에서

임진왜란과 정유재란, 즉 7년 전쟁의 참상을 무딘 필설로 간단히 형
용키는 어렵다. 이 전쟁으로 조선의 정치, 경제, 사회, 문화는 초토화
되었다. 일본에서는 전쟁을 일으킨 도요토미 히데요시의 가문이 멸
문하고 도쿠가와 이에야스에 의해 에도막부 시대가 시작되었다. 명
나라 역시 국력이 쇠잔하게 되어 후금이 굴기하는 계기가 되었다.

이 7년 전쟁에 참가한 일본군 가운데 제1군의 사령관을 맡은 인
물이 고니시 유키나가였다. 약재상(藥材商)을 하던 상인 집안에서 태
어났고, 도요토미 히데요시 휘하에서 장군으로 활동하기 전에는 고
니시 자신도 가업인 약재에 대해 상당한 지식을 쌓았다. 인삼을 필
두로 하는 조선과의 약재 무역으로 부와 명성을 얻은 집안 출신이

우도성 터에 세워진 고니시 유키나가의 동상

다. 조선과의 무역을 위해 조선과 가장 가까운 섬인 대마도(對馬島, 쓰시마)의 도주(島主) 집안과도 각별한 인연을 맺고 있었다. 그가 조선 침략군의 제1군 사령관이 된 것은 우연이 아니었다.

고니시 유키나가는 선대부터 일찌감치 집안 전체가 천주교 신앙을 받아들였으며, 전쟁에도 반대하던 입장이었다. 하지만 히데요시의 야욕을 저지할 수 없게 되자 선봉장이 되어 조선 땅에 가장 먼저 깃발을 꽂았다. 그의 배에는 붉은 바탕에 흰 십자가가 선명하게 새겨져 있었다. 고니시는 부산과 한양을 거쳐 평양까지 파죽지세로 조선의 산천을 정복해 나갔다.

그가 조선에 상륙한 이듬해인 1593년에는 교황청이 파견한 포르투갈 출신의 예수회 신부 그레고리오 데 세스페데스(Gregorio de Cespedes, 1551~1611)가 조선에서의 전교를 목적으로 일본에서 배를 타고 그가 머물던 웅천왜성을 방문했다.

하지만 이는 도요토미의 의중에 반하는 것이어서 화를 입을 염려가 있었으므로 1년여 만에 일본으로 돌아갔다. 세스페데스 신부는 조선 땅을 밟은 최초의 서양인 신부였다.

세스페데스 신부를 비롯하여 당시 일본과 동남아에서 활동하던 여러 명의 신부들이 7년 전쟁에 직간접적으로 참여했고, 이들은 자기들이 보고 들은 전쟁에 대한 기록을 남겼다.

다음은 발리그나노(Alejandro Valignano) 신부가 아꾸아비바(Claudio Aquaviva) 예수회 총장신부에게 보낸 서한의 한 대목이다. 전쟁이 한창 진행 중이던 1593년 정초에 마카오에서 보낸 것이다.

조선의 왕은 모든 조선인에게, 식량이 될 수 있는 것은 모두 지니고, 그 외의 것은 모두 태워버리고, 산속으로 피할 것을 명령했습니다. 조선인들이 부지런히 이 지시를 따랐기 때문에, 일본인들이 그 땅의 주인으로 머물고 주요 도시들과 그 밖의 지역들을 점령했지만 얼마 지나지 않아 식량의 부족을 느꼈고, 마치 우리 속에 갇힌 것처럼 굶주림에 허덕이게 되었습니다. 마침내 그들이 식량 문제를 해결하기 위해 밖으로 나갔을 때, 거친 땅과 산속에 숨어 있던 조선인들은 즉시 그들을 공격하였고, 그들에게 큰 피해를 주었습니다.

한편, 일본인들의 병선보다 더 크고 강력한 병선으로 구성되어 바다로 출정한 전함들은 일본 전함에 큰 피해를 입혔습니다. 그리고 이런 일련의 사태는, 우리가 거기(나가사키)에서 출발하려 할 때인 10월경에 일본인들 스스로 이러한 상황에서 잘 빠져나올 수 있으리라고 확신하지 못하는 지경에까지 이르게 만들었습니다. 이미 조선으로 출정하려던 관백(關

탕수바위에서 본 웅천왜성 : 진해의 탕수바위는 세스페데스 신부가 상륙한 곳으로 알려져 있다. 인근에 그의 조선 상륙을 기리는 기념공원이 조성되어 있다.

白, 도요토미 히데요시)은 출정을 멈추었고, 병사들을 더 소집할 것과 다음 해에 다시 출정할 것을 다짐하면서 성으로 돌아왔습니다. 이 같은 일련의 전황으로 인하여 일본의 국내 사정은 매우 불안정하고 불확실하게 바뀌었습니다.

그(히데요시)는 그 해가 큰 변화와 재건을 촉진할 것이라고 확신하며 기다렸습니다. 그리고 조선에 파병되었던 대부분의 제후들은 관백(關白)에게 알리지도 못한 채 일본으로 돌아왔습니다. 이처럼 이미 전열이 약해지고 와해된 상태에도 불구하고 그들은 일본에 돌아오자마자 다시 전쟁 준비를 시작했습니다. 마침내 관백은 자신이 거느리고 있는 사람들 가운데 가장 강하고 훌륭한 장군들, 그리고 자신이 데리고 있는 가장 친밀한 측근들로 구성된 최대의 전력을 갖추어 조선과의 전쟁에 다시 나서도록 하였습니다.

조선에서 기록한 사료와는 다른 각도에서 본 기록이다. 비록 단편적인 기록이지만 개괄적이다. 조선의 백성들이 일방적인 피해자가 되어 허둥대기만 한 것이 아니라 주도면밀하게 대처하고, 신출귀몰한 의병들의 활약이 왜군에게 얼마나 치명적이었는지도 볼 수 있다. 특히 조선 수군의 함대가 우리가 알고 있는 것보다 상당히 강력했음도 알 수 있다. 도요토미 히데요시가 직접 조선으로 출정하려던 것을 결정적으로 멈추게 한 조선 수군의 활약이 명확하게 기록되어 있다.

왜군은 사실 전라도에 있는 조선 수군에 대한 정보를 자세히 알지 못했다. 그들의 작전은 조선 왕을 붙잡아 항복을 받아내는 것이었다. 고니시 유키나가와 제2군 사령관 가토 기요마사(加藤淸正)는 조선의 왕이 있다는 북으로 다투어 진군하기 바빴다. 이순신 장군의 실체를 알게 된 것은 그들의 배가 조선 함정에 의해 격파되고서였다. 빠른 속도와 잘 훈련된 수군, 정밀한 타격을 가하는 대포는 가히 공포를 자아냈다. 상상도 하지 못한 조선 수군의 반격으로 왜군은 당황했다. 보급이 차단되자 굶주리고 지쳐 어찌할 바를 모를 혼란에 빠졌다. 이순신 장군의 위력은 우리가 알고 있는 그 이상이었다.

하지만 안타깝게도, 수많은 조선인들이 전쟁의 참화에 무참히 희생되고 노예가 되어 일본으로 끌려간 것도 사실이다. 그런 아프고 슬픈 역사의 한복판에서 오타 줄리아의 이야기는 시작된다.

\ 4

부로浮虜

오타 줄리아의 출생연도, 출신지,

출생 신분을 증명할 사료는 하나도 없으며,

한국어 성과 이름도 알 수 없다.

_ 안효진 세실리아, 〈오타 줄리아의 생애와 영성〉 중에서

도요토미 히데요시가 조선을 침공하러 나선 병사들에게 '전장에서 얻은 것은 탈취한 자의 것'이라고 선언했기 때문에, 왜군들은 광분한 상태였다. 그들이 탈취한 재물과 부로(俘虜)들은 탈취자의 이름이 쓰인 부표를 달고 본국으로 신속히 후송되었다. 히데요시의 이런 정책은 침략 초기에 군사들의 사기에 미치는 영향이 아주 컸다.

왜군의 선봉장 고니시 유키나가는 조선의 임금이 있는 한양을 향해 거침없이 북상했다. 조전 조정에서는 북방에서 용맹을 떨친 신립 장군으로 하여금 이들을 막게 했다. 그가 8천의 관군들을 이끌고 격전지로 택한 곳은 충주 탄금대 옆 달천평야였다. 수하의 장수들이

적의 숫자가 많음을 들어 길이 좁고 험한 문경새재에서 싸울 것을 주장했으나 신립은 드넓은 평야라야 기마대를 제대로 활용하여 적을 제압할 수 있을 것이라고 판단했다.

고니시 유키나가는 가까이 가지 않고 조총으로 기마대를 섬멸한 다음, 긴 칼을 가진 정예부대를 앞세워 짧은 칼을 가진 조선 군사들을 상대한다는 전략을 짰다. 문제는 적지 않은 수의 조선 기마병이었다. 그런데 막상 전투를 시작하자 달천평야는 논이어서 조선 기마병의 말들이 제대로 달리지 못했다. 신립의 부대는 속절없이 무너졌다. 한양의 임금은 북으로 달아나기 시작했고, 백성들은 크게 동요했다.

왜군은 탄금대 전투에 앞서 거의 비다시피한 충주성을 먼저 공략했다. 달천평야의 전투가 끝나기 훨씬 전에 충주성이 먼저 무너졌다. 임진란 초기의 승패가 여기에서 결판났다고 해도 과언이 아니다. 참으로 참담한 패배였다. 충주성 관내 관원과 사민들은 신립 장군과 관군의 승리를 의심하지 않아 피난조차 하지 않았기에 그 피해가 다른 지방보다 유난히 컸다. 많은 재물을 탈취당하고 또 많은 사람들이 살해되거나 포로로 잡혔다.

고니시 유키나가 부대의 왜군이 힘도 들이지 않고 득달같이 충주성 관아를 무너뜨리고 의국(醫局)에 들이닥친 순간, 의국 안의 관원은 물론이고 하인들까지 모두 황급히 달아나느라 혼비백산이었다. 하지만 대부분은 달아나지 못하고 왜군의 칼에 쓰러지거나 노비로 잡혔다.

오로지 한 소녀만이 아무리 바빠도 할 일은 반드시 끝내야 한다는 듯, 늘 하던 대로 의원들이 흩어놓은 서책을 챙기는 일에만 몰두하고 있었다. 그러는 와중에 왜군들이 의국 안으로 들이닥쳤다. 그중 조선말을 하는 자가 칼을 휘두르며 물었다.

"지금 무엇을 하고 있느냐?"

"의서를 챙기고 있소."

"의서라고?"

"병을 치료하는 방법과 약재를 기록한 서책 말이오."

그는 십대로 보이는 소녀 쪽으로 성큼 한 발 더 다가가더니 소녀가 들고 있던 서책을 빼앗아 뒤에 선 장수에게 보였다. 장수는 책장을 넘기다 놀라는 표정을 짓더니 이내 소녀에게 직접 물었다. 그 장수도 조선말을 할 줄 알았다.

"네가 이 의서를 읽을 줄 아느냐?"

"그렇소."

"그러면, 여기에 있는 약재들의 이름과 쓰임도 알고 있느냐?"

"그렇소."

"병에 대한 처방도 할 수 있느냐?"

"아직은 스승님께 배우는 중이오."

그러는 사이, 의국에 있던 서책과 약재들이 신속히 짐짝으로 꾸려졌다. 의서는 한양 내의원에서 보내온 것들이 대부분이었다.

"이름이 무엇이냐?"

"나는 이름이 없소."

"의서를 읽을 줄 아는 아이가 이름이 없다니, 참으로 기이하구나."

"저도 그 연유는 자세히 모르오."

이름이 없는 소녀다. 왕이 품은 여인이 아이를 낳으면 함부로 아이의 이름을 지을 수 없었다. 우선 왕의 혈통인지 명백하게 인정되어야 하고, 그런 다음 어미에 대한 신분의 정리가 되어야만 아이의 이름이 정해진다. 그 신분이 확정될 때까지는 지방관아에서 보살피며 기다려야 했다. 인정받지 않은 상태에서도 제일 먼저 글을 익히게 했다.

고니시 유키나가는 이름이 없다는 이 조선의 소녀를 유심히 살펴보았다. 이목구비가 반듯하고 말을 더듬지 않았다. 구석에 웅크리고 앉아 몸을 바들바들 떨어야 할 상황인데도 의젓한 자세에 흐트러짐이 없었다. 눈물을 흘리지도 고개를 숙이지도 않았다. 이름도 없는 어린 여자아이가 글을 읽고 의학을 배운다는 것도 그로서는 납득하기 어려운 일이었다. 조선은 역시 관백이 다스리는 왜국과는 다른 나라인 모양이었다.

사령관 고니시가 이처럼 몸소 의국으로 가장 먼저 달려온 데에는 사실 남모를 이유가 하나 있었다. 그에게는 그 어느 때보다 절실하게 새로운 의술, 새로운 약재가 필요했던 것이다. 약재상의 아들로 태어나 일상으로 약재에 관한 지식을 보고 익힌 고니시였다. 의술과 약재에 관해서라면 일본열도 안에서 그를 따를 자가 많지 않았다. 하지만 그런 그로서도 어쩌지 못하는 문제가 있었다. 게다가 그 문제의 주인공이 다름 아닌 자신의 아내 쥬스타였다. 그가 집을 떠날 때 아내 쥬스타는 병석에서 일어나지도 못한 채 눈물만 흘렸다.

"천주님이 도와주실 거요. 부디 몸조리 잘하시오."

그렇게 아내와 작별하고 집을 나선 뒤로 하루도 아내 걱정을 하지 않은 날이 없었다. 전투를 준비하면서도, 전투를 끝내고 나서도,

그에게 가장 먼저 떠오르는 것은 병석의 아내였다. 그나마 곁에서 지켜주고 간호라도 할 수 있었더라면 조금은 걱정이 덜했을지도 몰랐다. 하지만 아내는 검은 바다 저 너머에 있었다. 병세가 조금이라도 호전되었는지, 아니면 더 악화되었는지, 반도에서는 알 길이 없었다.

"서책과 약재창의 약재들을 남김없이 꾸려라."

유키나가는 부하들에게 그렇게 명령하고 황급히 발길을 돌렸다. 의원들이 있다면 좋으련만 이미 모두 달아나거나 죽고 없었다. 글을 읽을 줄 알고 약재를 처방할 줄 안다는 소녀가 있으니 그나마 다행이었다. 서책과 약재를 아무리 산더미처럼 보내도 읽고 처방할 줄 아는 눈 밝은 자가 없다면 쓸모없는 짐만 될 터였다.

'구마모토(熊本) 우도성(宇土城).'

소녀가 보내질 행선지가 적힌 부표가 그녀의 목에 걸렸다. 소녀는 신속히 꾸려진 서책 궤짝, 약재 꾸러미와 함께 왜장이 가는 반대 방향으로 보내졌다. 그녀가 따라가는 행렬에는 왜군들이 약탈한 엄청난 물자들이 남쪽으로 보내지고 있었는데, 물자뿐만 아니라 사람들도 함께 끌려가고 있었다. 끌려가는 사람들이 짐꾼이 되어 전리품을 운반했다. 왜군이 휩쓸고 간 자리에 남은 것은 빈집과 다친 사람들과 시체들, 그리고 버려진 아이와 걸을 힘도 없는 노인들뿐이었다. 더 갈 수 없는 곳에 닿으니 조선에서 약탈한 물자와 피랍된 사람들이 배에 실리고 소녀도 그들과 함께 실렸다.

고니시 유키나가는 먼저 북상한 라이벌 가토 기요마사가 눈에 밟혀 짐짝과 소녀가 출발하는 것도 제대로 보지 못하고 군사를 몰고

구마모토의 위치

충주성을 떠났다. 그러면서도 소녀의 일이 뇌리에서 떠나지 않았다. 의서를 읽을 줄 아는 아이를 함께 보냈으니 그나마 다행이다 싶었다. 의서를 읽을 줄 안다면 그에 따른 처방도 할 것이다. 금은보화만이 보물이 아니다. 의서와 약재야말로 그가 획득한 어떤 전리품보다 값진 것이었다.

이렇게 오타 줄리아는 조선에서부터 이름 없는 아이로 자라다가 창졸간에 고니시 유키나가의 포로가 되어 일본으로 보내졌다. 하지만 이 이야기 전부가 역사적 기록으로 명확히 확인된 것은 아니다. 임진왜란 중에 피랍되어 일본으로 보내졌다는 사실만이 확인될 뿐이다. 앞에서도 지적한 것처럼 그녀의 성명, 나이, 고향, 신분, 피랍 장소 등에 대한 명확한 기록은 없다.

그런데 다른 한편으로는, 그녀가 왕실의 일원이었다는 주장도 제기되고 있다. 이 문제와 관련해서는 필자의 견해가 아니라, 우리 학계와 종교계의 일반적인 견해를 여기에 함께 소개하려 한다. 나름대로 객관과 사실성을 견지하기 위함이다. 다음은 이원순 에우세비오

제2부 흔적을 찾아서

교수의 〈오타 줄리아 실기〉에 나오는 한 대목이다.

그녀의 출신지에 대해서는 신부들의 기록에도 전혀 언급이 없다. 어느 일본인이 자신의 저서에서 평양지방일 것이라고 적고 있으나 그의 추상일 뿐이고, 근거를 제시하지 못하는 상황적 추정에 지나지 않아 신빙성이 없다. 그녀의 신분 배경을 밝히기도 어렵다. 선교사들의 수기에는 '귀한 집의 출신'으로 적혀 있을 뿐이다. 이에 의거하여 그녀를 조선 귀족 또는 양반 가문 출신으로 보고 있다. 그런데 이렇게 그녀의 집안을 규정하는 근거에 문제가 있다. 선교사의 기록대로 전선(戰線)에서 왜군에 의해 거두어졌다면, 그녀의 가문을 밝힐 수 있는 어떤 자료도 없기 때문이다.

1871년 상해에서 활동하던 예수회 성직자가 번역한 『관광일본(觀光日本)』이라는 책에서는 줄리아를 '고려국(高麗國) 왕족녀(王族女)'라고 적고 있다. 그 후 1900년에 출간된 중국 출판물 『고려치명사략(高麗致命事略)』도 그녀가 조선의 왕족 출신이며, 성은 '이(李)'라고 적고 있으나, 그 근거가 문제이다. 더욱이 두 책이 모두 20세기 초의 저작물이기에, 줄리아를 호교적으로 헌창하려는 열의에서 자의로 기록한 과잉 표기로 볼 수밖에 없다. 그녀가 조선 왕족 집안인 전주이씨 출신임을 입증하는 증거 사료는 어디에도 없다.

다만 줄리아가 일본으로 납치되었고 도쿠가와 어전(御殿)에서 생활했으며, 고결한 성품의 소유자로 교양과 행동거지로 모든 사람들의 존경과 사모를 한몸에 받았다는 선교사들의 한결같은 기록으로 보아, 천출(賤出)이 아닐 것으로 짐작되고, 또 귀한 집안의 피를 받은 조선 처녀였다는 심증만이 갈 뿐이다.

그리고 말씀하셨다.

"너 이스라엘이 너희 하느님 야훼의 말을 들어 순종하고,

그가 보기에 바르게 살며 그 명령을 귀에 담아 모든 규칙을 지키면,

에집트인들에게 내렸던 어떤 병도 너희에게는 내리지 아니하리라.

나는 야훼, 너희를 치료하는 의사이다."

_ 출애굽기 15:26

소녀는 부두에서 큰 배에 실려 어디로 가는지 알지 못하는 항해를 시작했다. 이내 심한 멀미에 시달렸다. 어른들은 그 바다를 '검은 바다'라고 했다. 죽음의 바다라는 말이었다. 엄청난 파도가 앞을 가로막았다. 어디가 어딘지 도무지 알 수 없었다. 어른들도 모르기는 마찬가지였다.

　부산에서 출발한 전리품과 피로인들은 쓰시마(對馬島)를 거쳐 각 장수들의 영지로 보내졌는데, 소녀와 의서와 약재는 고니시 유키나

가의 영지인 구마모토의 우도성(宇土城)으로 보내졌다.

우도성의 고니시 쥬스타 부인은 여전히 자리에서 일어나지 못한 채 소녀의 인사를 받았다. 하인이 그녀가 머물 거처를 따로 마련해 주었다. 그때만 하더라도 소녀는 자신이 부인을 치료해야 하는 줄 몰랐다. 얼마가 지난 뒤에야 병이 있어 고통스러워하고 있는 부인을 두고 전장에 간 장군이 서둘러 자신을 이곳에 보낸 까닭을 조금은 알 것 같았다. 우도성 사람들이 자신에게 별도로 방을 마련해주는 등 다른 포로들과 다른 대우를 하는 연유도 어렵지 않게 짐작이 되었다. 성주의 부인, 쥬스타를 살려야 자기도 살 수 있다는 생각이 뇌리를 스쳤다.

다행히 우도성엔 커다란 약재 창고가 있었다. 알고 보니 집안 대대로 약재상을 해왔다고 했다. 조선에서 온 의서들이 그 창고 안의 서고에 가지런히 정돈되고, 소녀가 앉을 자리도 마련되었다. 이는 성주 고니시 유키나가의 명에 의한 것임이 분명했다. 하지만 처음엔 아무도 그녀를 신뢰하지 않았다. 그러다가 그녀가 지어준 약을 복용한 쥬스타 부인이 조금씩 좋아지기 시작했고, 그제야 사람들은 그녀가 보통의 소녀가 아님을 알게 되었다.

"역시 우리 성주님은 사람 보는 눈이 남달라."

가신들은 그렇게 말했다. 고니시를 칭찬하는 것인지 자신을 칭찬하는 것인지 알기 어려웠다. 아무튼, 시간이 지날수록 약재 창고의 일은 대부분 소녀의 몫이 되었다.

쥬스타 부인은 짬이 날 때마다 성주의 집안 내력이며 왜국의 정황 등을 그녀에게 차근차근 설명해 주었다. 들어도 알기 어려웠고 알아도 이해하기는 힘들었다. 하지만 앞으로 자기가 살아갈 세상이 거기라는 사실만은 분명해서, 소녀는 왜국말을 배우고 익히는 일에 분발하지 않을 수가 없었다.

그녀가 왜국으로 끌려와 가장 먼저 깨달은 건 식자와 기술자만이 사람대접을 받을 수 있다는 사실이었다. 글을 읽을 줄 아는 소수의 조선인과 도자기나 기와 따위를 빚고 구울 줄 아는 몇몇 조선인들만 이 배불리 먹고 제시간에 잘 수 있었다. 짐을 나르고 땅을 파고 청소를 하는 따위의 허드렛일에 배정된 조선인들 대다수는 애고 어른이고 할 것 없이 주리고 고달픈 하루하루가 반복될 뿐이었다. 그것은 문자 그대로 노예의 삶이었다. 그나마 우도성에 남은 사람들은 그래도 형편이 나은 것이라 했다. 그보다 훨씬 많은 사람들이 거대한 배를 타고 온 서양인 장사치들에 의해 남양(南洋)이라는 곳에 노예로 팔려갔다고 했다.

그나마 소녀는 애초부터 고니시 유키나가의 특별한 당부도 있고 어려운 의학서적도 줄줄 읽을 줄 알아서 남다른 대접을 받았다. 우도성 안주인과 같이 지내는 안채에 방이 배정되었고, 깨끗한 의복이 지급되었으며, 하인이 아니라 가신들과 같은 밥상을 받았다.

소녀는 조선에서부터 같이 실려온 서책들을 고향산천을 다시 보듯 골똘히 들여다보았고, 이미 거기에 먼저 와 있던 일본의 서적들도 차례로 탐독해 나갔다. 천성이 명민하여 쉽게 배우고 익혀졌으나, 제대로 배운 것인지 판별해줄 스승이 없으니 매사에 조심스럽기 그지없었다. 하는 수 없이 약재창에 배속된 가신들은 물론 하인들에게도 묻고 배우기를 멈추지 않았다.

어려운 한문을 줄줄 읽는 10대의 소녀, 서책이며 약재 정리가 꼼꼼하고 빈틈이 없어 무엇을 찾든 망설임이 없는 아이, 누구보다 해박하고 거침없이 약재를 다룰 줄 아는 그녀에게는 당연히 사람들이 모여들기 시작했다. 조선인이라면 사람 이하로 업신여기는 가신들도 하나둘 그녀에게 찾아와 묻고 처방받기를 주저하지 않았다. 본인이든 가족이든 아픈 사람이 생기면 조선에서 온 노예가 아니라 지푸라기라도 잡는 게 인지상정인 건 왜국도 마찬가지였다. 하인들은 손이 필요한 일이라면 무엇이든 꼭 자기를 시켜달라며 먼저 달려왔다. 아무도 그녀보다 높지 않았고 아무도 그녀보다 낮지 않았다. 함께 끌려와 험한 일에 투입된 조선인들만이 가엾고 처량한 신세여서 그녀의 마음을 아프게 했다. 주린 아이들에게는 몰래 떡을 건네주고, 다친 어른들의 상처는 더 성심껏 보살폈다. 그러나 그녀의 그런 노력에도 불구하고 조선인들은 왜국인보다 더 많이 아프고 더 많이 다치고 더 쉽게 죽어 나갔다.

숨이 넘어가는 아이를 안고 성문을 두드리는 아낙들이 생기기 시작한 건 그녀가 경기가 나서 숨이 넘어가는 어느 하인의 아이를 바늘로 찔러 살려준 일이 성 밖에까지 소문으로 알려진 뒤부터였다. 경기 들린 아이들에게 깨알 같은 환약도 만들어 주었는데 신기한 효과가 있었다. 그렇게 그녀의 용한 의술은 점점 성 안팎에 알려졌고, 쥬스타 부인은 약재창에 관한 일만큼은 그녀에게 일임하다시피 맡기게 되었다.

그런데 왜국에도 나병 환자들이 무척 많았다. 쥬스타 부인은 그런 나병 환자들에게 무료로 거처할 곳을 마련해 주고, 식량과 약재도 보내주었다. 약재 유통을 통해 많은 돈을 벌고는 있다지만, 누구나 쉽게 할 수 있는 선행이 아니었다. 소녀는 쥬스타가 선한 사람이고, 자신을 포함하여 보통의 사람들과는 다른 생각을 하는 사람이려니 짐작했다. 그렇게 착한 일을 많이 하고도 병고에 시달리는 것은 필시 남의 나라를 침략한 남편의 업보 때문이리라 짐작도 했다.

　쥬스타 부인이 천주교 신자이고, 독실한 신앙심으로 행하는 선행이라는 걸 알게 되기까지는 한참의 세월이 더 필요했다. 주인과 시종으로 만난 두 여인이 어머니와 딸처럼 가까워지는데 필요한 시간만큼이나 긴 세월이.

6

소녀少女

교회에서 도오주쿠(同宿, 성직자의 일을 돕는 시종)가 필요하다는 말을 듣고
줄리아는 자기 양자였던 12세의 소년과
또 다른 12세의 소년을 도오주쿠로 교회에 봉헌하였습니다.

_ 무뇨스 신부의 1607년 서한 중에서

필자는 오타 줄리아가 피랍 당시 10대의 소녀였을 것으로 본다. 그래
야 그 이후의 행적들이 자연스럽게 연결되고 해명되기 때문이다. 그
런데 피랍 당시 그녀가 세 살밖에 되지 않은 아기였다는 설도 있다.
과연 그녀는 몇 살에 고니시 유키나가의 부대에 붙잡히는 포로의 신
세가 된 것일까?

우선 1596년 5월에 오타 줄리아는 세례를 받게 된다. 피랍 당시
세 살(1589년생)이었다면 겨우 일곱 살 나이다. 예수회 신부를 통해
세례를 받는 과정에는 교리문답 등 상당한 지식과 신앙심에 대한 검
증의 과정이 따른다. 예닐곱 살 아이가, 일본에 건너간 지 3~4년 만

에, 아무런 사전지식 없이, 일본어나 혹은 한문을 통한 문답으로 이를 해냈다고는 믿기 어려운 얘기다. 쥬스타 부인이 아무리 천사 같은 여인이었다 하더라도 세 살짜리 조선에서 잡아 온 갓난아이를 그렇게 키운다는 것도 도무지 상식적이지 않다.

오타 줄리아의 교회에 대한 기여를 증언하고 있는 무뇨스(Alonso Munoz) 신부의 서한도 참조하지 않을 수 없다. 1607년 2월, 일본에서 선교 활동을 하고 있던 프란치스코회의 무뇨스 신부는 필리핀으로 발송한 서한에서 오타 줄리아에 대해 이렇게 기록하고 있다.

오타 줄리아는 신앙이 매우 돈독하며 교회에 많은 도움을 주고 있습니다. (중략) 교회에서 도오주쿠(同宿, 성직자와 숙식을 같이하며 성직자의 일을 돕는 시종)가 필요하다는 말을 듣고 줄리아는 자기 양자였던 12세의 소년과 또 다른 12세의 소년을 도오주쿠로 교회에 봉헌하였습니다.

오타 줄리아가 1589년생이라면 이때 그녀의 나이는 겨우 18세가 된다. 그런데 무뇨스 신부는 우선 그녀가 '교회에 많은 도움을 주고 있다'고 했다. 또 최소한 2명 이상의 양자를 데리고 있었다고 했다. 이는 그녀의 사유재산이 이미 상당한 정도에 올랐을 경우에만 가능한 일이다. 그리고 이는 그녀가 일본에서 어느 정도 직위를 차지하고 있고, 경제적으로나 사회적으로 안정되어 있어야만 가능한 일이다. 글도 모르고 스스로 자신을 돌볼 수도 없는 세 살짜리 어린아이가 적국에 끌려와서 15년 만에 이룰 수 있는 일이 아니라는 얘기다. 최소한 10년 이상은 그녀의 출생연도를 올려 잡아야 아귀가 맞는다.

제2부 흔적을 찾아서

게다가 1607년 당시 오타 줄리아는 자신의 양자였던 12세 소년 둘을 교회에 봉헌했다고 한다. 그렇다면 양모(養母)였던 그녀의 나이는 얼마나 되어야 할까? 여러 정황들을 고려할 때 최소한 20대 이상은 되어야 하지 않을까.

이런 의견은 필자만의 것이 아니다. 〈오타 줄리아 실기〉를 정리한 이원순 에우세비오 교수 역시 이렇게 말한다.

12세의 양자를 둔 양모의 나이는 아무리 적어도 20대 이상이 되어야 할 것이라고 볼 수 있다. 1607년 2월 무뇨스 신부의 서한에 담겨져 있는 내용은, 줄리아의 생년이 아무리 적게 잡아도 (3세 피랍설보다) 20년 이상 앞선 일로 보아야 함을 입증하는 기록이다. 이런 점을 감안할 때 그녀가 전쟁터에서 왜군에 의해 거두어졌을 때의 나이가 적어도 10대 후반 이상이었을 것으로 생각하여야 한다. 따라서 세 살 때 왜군에 의해 일본으로 보내졌다는 항설은 믿을 수 없다.

7

천주天主

'오타(아)'는 유키나가의 처 쥬스타에 의해 길러졌고,
그리스도교의 세례를 받았다.
세례명은 줄리아다.

_ 우도성에 세워진 안내문 중에서

1596년 5월, 쥬스타 부인이 예수회 선교사 베드로 모레홍(Petro Morejon, 1562~1639) 신부를 우도성으로 초빙하여 가신과 하인들에게 천주교 교리를 배우게 했다. 거기에는 조선에서 끌려온 오타라는 한 소녀도 포함되어 있었다. 모레홍 신부는 서양인이면서도 한자는 물론 왜국말과 글도 알았다.

'천주님'이라 했다. 이 세상을 창조하신 분이라 했다. 눈 푸른 서양인 신부가 어눌한 왜국말로 그렇게 말했다. 낯설었다. 신부의 모습도 설고 그의 말도 설었다. 전에도 쥬스타 부인에게서 천주님 이야기

를 들은 적이 있고, 그녀가 찬미의 노래를 부르는 걸 들은 적도 있었다. 이제는 쥬스타 부인의 선행이나 아랫사람들을 공경하는 태도가 그녀가 믿는 천주와 무관치 않다는 것도 알게 되었다. 하지만 쥬스타 부인처럼 고귀하고 선한 사람이 되기 위해 꼭 듣도 보도 못한 천주님을 믿어야 한다고는 생각되지 않았다. 공맹(孔孟)의 도(道)만으로도 고귀하고 착한 사람은 얼마든지 될 수 있고, 마음의 의지처가 필요하다면 부처나 조상신을 믿는 것으로도 충분할 터였다. 그건 조선에서 나고 자란 사람에게는 너무나 상식적인 것이었다. 모레홍 신부의 이야기는 그런 상식과 도무지 맞지 않았다. 상식적이지 않은 것으로 사람을 현혹하는 모든 것은 잡술에 불과하고, 여기에 사람들이 넘어가는 것은 어리석기 때문이라고 오타는 배웠다.

그런데 하루 이틀 시간이 지날수록 모레홍 신부는 더욱 종잡을 수 없고 이해하기 어려운 이야기들을 들려주어 사람을 미혹케 했다. 신부는 우선 모든 사람들이 천주로 말미암아 생겨났다고 했다. 우주도 세상도 천주님이 만든 것이라 했다. 부모가 아이를 낳는 건 분명하지만, 그건 다 천주님의 섭리에 따른 것이라고 했다. 그 이야기를 듣는 순간 오타는 잠깐 부모님 얼굴을 떠올려보려 하였다. 하지만 떠오르는 얼굴이 없었다. 절로 미간이 찡그려졌다. 세상에 부모 없이 태어난 아이는 없을 텐데, 부모님 얼굴조차 모르는 자신의 신세가 아프고 쓰리기만 했다.

"천주님은 우리 모두의 아버지입니다. 우리 모두 그분의 똑같은 자녀들이고, 그래서 천주님은 우리 모두의 일거수일투족을 물가에 내놓은 아이를 보는 심정으로 지켜보고 계십니다."

그 이야기를 들을 때 줄리아의 눈가에는 잠깐 이슬이 비쳤다.

'내게도 그런 아버지 어머니가 있었더라면……:'

신부님의 이야기는 계속되었다.

"우리는 모두 천주님의 자녀들이고, 그래서 천주님 앞에서 우리는 모두 평등합니다. 세상에는 빈부귀천이 있을지라도, 천주님 앞에는 그런 게 없습니다. 천주를 믿고 공경하는 선한 아들딸, 천주의 가르침을 비웃고 업신여기는 어리석은 자들이 있을 뿐입니다."

그 이야기를 들을 때 줄리아는 결국 저도 모르게 한줄기 눈물을 흘리고 말았다. 영롱한 눈물이 그녀의 흰 뺨을 타고 조용히 흘러내렸다. 죽음의 검은 바다를 건너는 배 밑창에 엎드려 서럽게 울던 그날의 기억이 아직도 생생했다. 어디로 가는지, 언제 돌아올 수 있는지, 살아남기는 하는 건지, 아무것도 알 수가 없었다. 바다의 깊이를 알 수 없는 것처럼, 내일의 생사를 알 수 없다는 사실만이 그녀가 아는 전부였다. 붙잡고 매달릴 아무것도 그녀에게는 없었다.

'그 절체절명의 순간에, 천주님이 정말로 나의 아버지라면, 그분은 도대체 어디서 무얼 하고 계셨더란 말인가?'

오타는 곰곰 생각해보기 시작했다. 눈 푸른 서양인 신부의 설교는 계속되었다.

"현세의 고통과 절망에 굴복해서는 안 됩니다. 천주님의 자녀들에게는 천주님이 예비하신 천주님의 나라가 있습니다. 모두가 평등하고 행복한 나라이며, 죽음과 병마의 고통도 없는 곳입니다. 천주님의 가르침을 잘 따르는 자녀는 모두 이 천주님의 나라에 갈 수 있습니다. 그런 나라를 이 세상에 건설하기 위해 죽음도 불사하는 기리시탄(크리스천)에게는 천주님이 가장 큰 상을 준비해놓고 계십니다."

'그런 나라가 정말 있을까? 있으니까, 아니 최소한 있다고 믿으니까, 저 눈 푸른 서양인 신부님도 고향을 버리고 검은 바다보다 몇 배나 더 깊고 넓다는 바다를 건너 여기까지 왔겠지?'

그런 생각이 들자 오타는 점점 가슴이 뜨거워지기 시작했다. 진지하고 엄숙하기만 한 서양인 신부가 목숨을 걸고 믿는다는 천주, 이제는 혈육처럼 느껴지게 된 쥬스타 부인이 오로지 믿고 의지하는 천주라면, 허무맹랑한 엉터리 귀신은 아닐 거라 여겨졌다.

"우리 모두는 본래 천주님께 죄를 지은 죄인들이었습니다. 그래서 천주님의 나라에서 추방되었고, 그래서 생로병사와 출산과 노동의 고통을 겪고 있는 것입니다. 사람은 누구도 이 고통에서 벗어날 수가 없습니다. 그런데 지금으로부터 1,600년쯤 전에 천주님은 감사하게도 우리의 타고 난 이 죄를 모두 용서하여 주시기로 하고, 그 아들 예수를 이 세상에 보내주셨습니다. 그리고 예수님은 우리의 모든 죄를 짊어지고 십자가에 스스로 못 박혀 돌아가심으로써 마침내 우리의 모든 원죄가 씻기게 되었습니다. 우리는 이제 천주님과 그 아들 예수를 믿고, 예수를 낳으신 성모 마리아께 우리를 구원해달라고 기도하기만 하면 됩니다. 어느 부모가 울며 매달리는 자식의 기도를 들어주지 않겠습니까? 어느 어미가 간절히 기도하는 자식들의 소원을 들어주지 않겠습니까?"

모레홍 신부는 기도만 하면 모든 게 해결된다고 했다. 천주의 존재를 믿고, 그분이 우주 만물의 창시자요 주인임을 믿으며 예수의 이름으로 성모에게 기도하면 모든 게 해결된다고 했다.

오타는 며칠 동안 모레홍 신부의 강론을 들으며 울기와 웃기를 반복했다. 가슴이 뜨거워지는 날도 있고 절로 고개가 끄덕여지는 날도 있었다. 그렇게 얼마간의 시간이 흐르자 자연스럽게 두 손이 모아지고 고개가 숙여졌다.

'나 같이 하찮은 인간을 위해 기꺼이 십자가에 못 박혀 죽은 예수님도 있는데, 지금 내가 겪는 이 고통과 나의 하루하루 삶이란 얼마나 보잘것없고 허망하단 말인가.'

그런 깨우침과 후회가 밀려왔다. 어둡고 암담하기만 하던 미래에 한줄기 서광이 비치는 듯도 하였다.

'내게도 기댈 곳이 있다. 내게도 믿을 곳이 있다. 내게도 이 세상에서 살아가야 할 이유가 있다. 내게도 보장된 미래가 있다.'

오타는 날이 갈수록 기도에 매달렸다.

그리고 마침내 보이지도 않고 들리지도 않지만, 그 존재가 너무나 명백해서 어떤 말로도 부인할 수 없는 그분을 만났다. 목숨을 바쳐서라도 의지하고 사랑하고 따를 수밖에 없는 절대자, 천주를 마침내 만나게 된 것이다.

하지만 이 만남은 그녀가 마침내 고통을 즐거움으로 받아들이게 되는 그 날까지, 그녀에게 온갖 시련과 크고 작은 고난을 안겨주는 고행의 시작이기도 했다.

8

세례 洗禮

1549년 : 프란시스코 사비에르, 일본 선교 시작

1587년 : 히데요시, 선교사 추방령

1592년 : 임진왜란 발발

1596년 : 오타 줄리아, 영세(領洗)

1597년 : 히데요시의 박해로 '일본 26성인' 최초의 순교

베드로 모레홍 신부는 1590년 7월 일본에 입국하였고, 고니시 유키
나가의 우도성이 위치한 규슈(九州)의 시기(志岐)에서 예수회수도원
장으로 일했다. 당시 천주교 신자였던 고니시 유키나가의 부인 쥬스
타의 초청으로 1596년 5월에 우도성에 가서 60여 명의 가신들에게
세례를 주었다. 이때 오타라는 조선 출신 소녀에게도 세례를 베풀었
다. 세례명은 '줄리아'라 했다. 예수회의 규칙상 세례를 받기 위한 절
차가 간단치 않았는데, 오타 줄리아는 그런 과정을 무사히 잘 통과
하였다.

당시 우도성에서 진행된 세례에 대해 한 선교사는 아꾸아비바 (Claudio Aquaviva) 예수회 총장신부에게 다음과 같은 보고서를 서한으로 올렸다. 1596년 12월 3일 나가사키(長崎)에서 발신된 것인데, 편지를 쓴 신부가 누구인지는 분명치 않다. 모레홍 신부는 아니고 루이스 프로이스(Luis Frois) 신부로 추정되기도 한다. 포르투갈 출신의 예수회 선교사인 프로이스 신부는 예수회 총장신부의 명을 받아 일본 전역을 돌며 일본의 선교 역사를 정리하는 일에 몰두하고 있었는데, 1596년 무렵에는 편지가 발송된 나가사키에 머물고 있었다.

> 오늘이 이 성(우도성)에 도착한 지 8일째 되는 날입니다. 여기서 저는 이곳 사람들의 열정과 구원받으려는 바램을 보고 큰 위안을 받았습니다.
>
> (중략)
>
> 저는 처음으로 60명에게 세례를 주었습니다. 그들 중에는 조선에서 와서 아우구스티노(고니시 유키나가의 세례명)를 모시는 성실한 사람도 있습니다.

그러나 이 편지만으로는 오타 줄리아가 이 당시 영세자 가운데 포함되어 있는지 명확하지가 않다. 그런데 『한국천주교 전래의 기원 (1566~1784)』를 쓴 루이스 메디나 신부는 여기에 다음과 같이 매우 중요한 주석을 덧붙였다.

> ① 편지를 쓴 날은 (1596년) 5월 하순경이며, 우도성은 오늘날 구마모토현의 미도리가와 강 하구에 있는 인구 3만 4,000명의 마을이다. 그 당시 고니시 유키나가의 성이 있었다.

② 편지에서 사용한 '성실한 사람'이라는 표현은 비교적 상류층의 한국인 전쟁포로에게만 사용될 수 있었다. 1596년에 세례를 받은 사람 중에는 후에 유명해진 오타(大田) 줄리아가 포함된다고 생각된다.

모레홍 신부는 조선에서 왔다는 소녀가 다른 시종보다 단정한 차림으로 쥬스타 부인의 중요한 참모 역할을 수행하고 있다는 사실이 처음에는 퍽 의아했다. 그런데 그녀의 한문 실력을 확인하고는 절로 고개가 끄덕여졌다. 60여 명의 교리생 중에 오타는 유일하게 한문으로 된 교리서를 읽을 줄 알았다. 한문으로 된 교리서와 성경을 봉독한다는 것은 실로 쉬운 일이 아니었다.

모레홍 신부가 보니, 오타는 온종일 무척 바쁘게 지내고 있었다. 약재 창고를 관리하고, 공방에서 약초를 고아 여러 가지 약을 만들고, 성 밖에서 기다리는 환자도 돌보고 있었던 것이다. 한자로 된 의서들을 공부하고 있었는데 모두 조선에서 가져온 것이라 했다. 다른 지방 사람들까지 환자의 증세가 소상히 적힌 편지를 가지고 말을 달려 그녀에게 약을 지으러 오곤 했다. 환자는 대부분 높은 신분을 가진 자들이거나 그들의 식솔들이었다. 오타의 존재가 먼 지방에까지 알려진 게 분명했다.

모레홍 신부는 조선에서 왔다는 이 처녀에게 나름대로 혼신을 다해 성서와 교리를 가르쳤다. 이 총명하고 고결한 처녀가 고향으로 돌아가게 되면 천주님의 영성도 조선 사람들에게 전해질 것이라고 믿었기 때문이다.

우도성의 오타가 매일 가장 먼저 하는 일은 새벽에 성 밖에서 엄마의 품에 안겨 우는 아픈 아이들을 치료하는 것이었다. 아낙들은 주로 밤중에 경기가 나거나 고열로 시달리는 아이를 안고 어쩔 줄 몰라 밤새 동동거리다가 새벽이 되기도 전에 우도성 성문 앞으로 달려오곤 했다. 그렇게 다급한 아이와 어미들이 자신을 기다린다는 걸 알기에 그녀의 새벽은 늘 남들보다 한발 먼저 시작되었다. 바늘로 아이의 혈을 트면 숨을 멈춘 것 같던 아이도 울음을 터트렸다. 그러자 오타가 죽은 아이도 살린다는 소문이 퍼졌고, 급기야 아주 먼 곳에서 며칠씩 말을 달려 찾아오는 이들까지 생겨났다.

그렇게 밤새 널브러졌던 아이들을 돌보고 나서 아침 식사를 마치면, 이번엔 어른들이 몰려오기 시작했다. 처방전을 주어 약재를 구하게 하기도 했지만, 침을 놓거나 작은 경단을 직접 만들어 주기도 했다. 그녀가 이러한 일을 마음껏 할 수 있었던 건 쥬스타 부인의 전폭적인 배려와 지원 덕분이었다.

오타는 때때로 쥬스타 부인이 만든 나환자촌에도 방문하여 그들에게 필요한 약을 지어주고 환자들을 돌보았다. 이웃은 물론이고 가족에게도 버림받은 이들이었다. 아무도 그들에게 다가가려 하지 않았고, 그들은 깊은 계곡에 유폐된 신세나 다름이 없었다. 그나마 오두막을 지어주고 먹을 것을 보내주는 사람은 영주의 부인인 쥬스타뿐이고, 직접 찾아와 상처를 어루만져주는 이는 오타뿐이었다.

그렇게 몇 년을 살면서 보니, 조선을 침공한 왜국이라고 해서 사정이 조선보다 나은 것도 아니었다. 젊은이는 모두 조선의 전장에 끌려가고, 대부분의 집들은 먹을 것조차 부족한 실정이었다. 조선에서 보내오는 물자는 이내 끊겼고, 아들이 죽었다는 소식을 듣게 되는 집들만 늘어갔다. 조선에서 잡아 온 노예들을 먹일 식량이 부족해지자 사람들은 외국의 노예상에게 그들을 팔아넘겼다. 전쟁이 길어질수록 사정은 더 악화되었다. 전쟁은 조선 땅에서 하고 있는데 왜국의 사정도 전쟁터와 다를 바가 없었다.

전쟁이 가져오는 가장 큰 참화 중 하나는 질병의 만연이었다. 전염병이 돌고 나병이 창궐했다. 하지만 오타로서는 그 원인을 도무지 알기 어려웠다.

오타는 훌륭한 의원이 되어 사람들을 살려주고 싶었다. 병으로 고통받는 사람들의 아픔을 낫게 해주고 싶었다. 그러자면 더더욱 열심히 의술을 익혀야 했다. 그런데 왜국에는, 아니 그가 머물던 우도 성에는 더 이상 그녀에게 의술을 가르쳐줄 사람이 없었다. 오히려 배우려는 자들만 넘쳐났다. 하는 수 없이 조선에서부터 자기와 함께 실려 온 서적들을 탐독하고 또 탐독하며 스스로 깨쳐나갈 수밖에 없었다.

그러던 어느 날 모레홍 신부로부터 예수님, 아니 천주님이야말로 세상에서 가장 뛰어난 의사라는 이야기를 듣게 되었다.

"천주님은 우리를 지으신 분입니다. 아니 세상의 모든 식물과 동물과 만물을 직접 지으신 분입니다. 생명을 태어나게도 하고 죽게도 하는 분입니다. 그러니 고치지 못할 병이 없고 죽은 자도 살리십니다. 예수님도 죽은 지 3일 만에 부활하셨고, 세상에서 활동하실 때에는 수많은 환자들을 직접 치료하고 죽은 자를 살리셨습니다."

신부의 이야기는 오타에게 그야말로 충격이었다. 고대의 중국에 죽은 자를 살리던 화타라는 의원이 있었다는 전설은 들어봤지만, 예수처럼 의술을 따로 공부하지 않고도 죽은 자를 살리고 부활하는 사람이 있었다는 얘기는 처음 듣는 것이었다.

'내게도 그런 능력이 있다면……'

오타는 기도하고 또 기도했다. 그렇게 무작정 기도에만 매달리는 오타에게 어느 날 모레홍 신부가 한문으로 된 성경을 읽어 보라 했다. 책을 펴들자 선교사에게 어눌한 왜국말로 배운 교리가 조금씩 선명히 다가왔다. 그리고 거기서 치유자로서의 예수를 만났다.

오타는 궁금하고 두렵고 부러웠다. 대체 예수님은 어떤 분이기에 기적과 치유의 능력을 얻게 된 것일까? 신부는 그가 천주의 독생자요 천주 자신이라 했다. 그러니 사람을 살리고 죽이는 일이 모두 그의 소관이라 했다. 그러나 오타의 생각에 예수는 죽이는 자가 아니라 살리는 자였고, 가엾고 불쌍한 사람들을 치유하는 자였다. 그런 예수를 닮고 싶었다. 그런 능력을 자신도 가지고 싶었다. 그러자면 본격적으로 성서와 교리를 공부하고, 기도와 예배에도 참례해야 했다. 그리고 반드시 세례를 받아야만 했다. 스스로 먼저 깨끗하고 고결한 자가 되지 못한다면 천주 앞에 갈 수도 없거니와 누군가를 치유하고 살릴 수도 없을 터였다.

1596년 5월 의례가 있던 날, 오타는 그 전과는 다른 이름을 하나 더 가지게 되었다. 이곳에 온 지 4년째 되던 해였다. 천주교 세례를 받으려면 신앙적 의지자인 대모가 있어야 하는데, 고맙게도 쥬스타 부인이 청하기도 전에 나서주었다.

"내가 대모가 되어주마."

"그럼 어머니라고 불러도 됩니까?"

너무 황송해서 어렵게 부인에게 여쭈었다.

"그렇단다. 이제부터 내가 네 어머니다. 네가 세례를 받다니, 정말로 기쁘기 그지없구나."

세속적 양녀보다 더 깊은 인연이었다. 처음엔 쥬스타 부인이 거의 강제로 시킨 교리 공부였다. 그런데 그 공부를 시작해서 아직 끝내지도 못했는데, 이제는 새로운 이름을 받아 새사람이 되었다는 것이었다. 전에 있던 자신은 죽고, 천주님의 품 안에서 새로운 사람이 탄생한 것이라 했다. 그 새사람의 이름이 '줄리아'였다.

부인도, 다른 이들도 이때부터 다들 그녀를 그렇게 불러주었다. 하지만 그녀의 하는 일이 달라지는 건 아니었다. 그녀는 여전히 새벽부터 늦은 밤까지 환자들을 돌보았다. 그리고 만나는 환자들에게 이렇게 말해주었다.

"사람은 영혼과 육신이 합쳐진 존재입니다. 몸에 병이 난 것은 제가 고쳐드릴 수 있습니다. 하지만 마음에 생기는 병과 영혼에 생기는 상처는 천주님이 아니고는 아무도 해결할 수 없습니다. 영혼에 병이 생기면 몸에도 없던 병이 생기고, 영혼이 시들면 몸도 말라죽게 됩니다. 그러니 천주님을 만나셔야 합니다. 그래서 영원히 병들지 않고 영원히 죽지 않는 삶을 살아야 합니다."

다행히 조선에서의 전쟁이 소강상태로 접어들었다는 소식이 들려왔다. 쥬스타 부인도 성주가 돌아오기만을 학수고대하고 있었다. 일전에 성주가 귀국했다는 전갈이 있었지만, 영지에는 들리지도 못하고 곧장 다시 조선으로 간 적이 있다고 했다. 도요토미 히데요시가 크게 노할 일이 생겨서 자결의 처분을 받게 되었는데, 다시 조선으로 출병하는 조건으로 면책되었다는 얘기였다. 그런데 이제는 그 지긋지긋한 전쟁이 끝날 날이 머지않은 모양이었다. 하지만 이때부터 우도성에는 먹구름이 끼기 시작했다.

내가 당신에게 바라고 요구하는 것은,

현세의 행복은 구름과 같아 모든 행복은 반드시 천당에 있음을 깨닫고,

하느님을 모시는 데 성심을 다하고 한마음으로 하느님을 섬기라는 것이오.

_ 고니시 유키나가의 옥중편지 중에서

한편, 조선에서는 명나라가 개입하면서 전황이 달라졌다. 평양성 전투 이후 고니시 유키나가는 명나라와의 전쟁은 상호 승산이 없다고 판단했다. 한두 번의 전투로 끝낼 수 있는 전쟁이 아니었다.

"애초에 출병하지 말았어야 했거늘……."

물론 처음부터 그가 원한 전쟁은 아니었다. 관백 도요토미 히데요시의 강요로 나선 전쟁이었다.

그렇게 조선으로 출병하면서 유키나가는 이것도 천주의 섭리려니 했다. 전쟁을 끝내고 나면 천주의 깊은 뜻이 어디에 있는지 알 수 있을 터였다. 하지만 막상 전쟁을 시작하고 난 뒤에는 회의가 더 커졌

다. 개전 초반에는 조선의 오합지졸 군대를 파죽지세로 몰아붙일 수 있었다. 전쟁은 금방 끝날 듯했다. 하지만 시간이 지날수록 관백도, 자신도, 2군 사령관 가토 기요마사도 무언가 잘못 판단했던 게 아닌가 싶기만 했다.

조선에서의 주둔은 시간이 지날수록 상황이 악화되었다. 그러다가 마침내 병졸들을 살릴 길은 오직 적과 타협하는 수밖에 없겠다는 판단이 내려졌다. 유키나가는 전쟁을 소강상태로 묶어두었고, 본격적으로 협상을 준비하기 시작했다. 그런데 이에 불만을 품은 2군 사령관 가토 기요마사가 관백에게 그를 고발했다. 유키나가는 본국으로 소환되었고, 전투 기피와 적과의 협상을 도모한 혐의로 자결하라는 명령이 떨어졌다. 그가 목숨을 부지할 수 있는 유일한 길은 다시 조선으로 돌아가 조명연합군과 전투를 벌여 승리하는 것뿐이었다. 유키나가는 집에도 들르지 못하고 곧장 다시 조선으로 건너갔다.

그렇게 조선으로 다시 갔지만 전쟁이나 전투에서 활로를 찾기는 여전히 난망했다. 남해안에 성을 쌓고 장기전에 들어갔다. 전쟁을 하는 것도 아니고 하지 않는 것도 아닌 상태로 달이 가고 해가 바뀌었다. 그렇게 첫 출병 이후 7년의 세월이 흐르고 있었다.

그러던 1598년 음력 8월, 관백 도요토미 히데요시가 급서했다는 전갈이 왔다. 허무하고 허망했다. 망상에 빠져 전쟁을 시작한 사람은 집에서 병으로 쓰러져 갑자기 죽고, 이제 전장에 나선 자신과 병졸들만 개죽음을 당할 판이었다. 실제로 이 무렵 고니시 유키나가의 왜군이 주둔한 조선의 순천왜성은 조명연합군에 포위되어 사면초가의 신세였다. 유키나가는 명나라 장군 유정의 강화제안에 속아 성 밖으로 나갔다가 죽을 뻔하기도 하였다.

본국으로 철수하려 하였으나 이순신 장군이 바다를 장악하고 있어 퇴로가 막혀 있었다. 유키나가는 하는 수 없이 명나라 수군 장수인 진린에게 뇌물을 주고 퇴로를 보장하는 약속을 받아냈다. 어떻게 해서든 살아서 돌아가야 했다.

하지만 조선의 이순신 장군이 이를 알아차리고 공격을 가해 고니시 유키나가의 부대는 노량에서 대패하였다. 수많은 부하들을 차가운 바다에 수장시킨 후 유키나가는 가까스로 귀국할 수 있었다.

도요토미 히데요시가 죽자, 일본에서는 조선에 주둔했던 군대가 모두 철수해 집으로 돌아올 것이라는 소문이 돌았다. 그렇게 전쟁은 끝났으나, 고니시 유키나가의 영지 우도의 분위기는 어두웠다. 조선에서 무사히 퇴각하기가 어렵다는 소문도 들렸다. 성주는 12월이 되어서야 겨우 귀국했다. 하지만 오래 머물지 못하고 이내 성에 비축해 두었던 식량을 모두 싣고 가병(家兵)들과 함께 어디론가 떠났다. 조선에서의 전쟁이 끝나자 본국에서의 전쟁이 다시 시작되고 있었던 것이다.

도요토미 히데요시의 뒤를 이어 권력을 잡은 도쿠가와 이에야스는 기다렸다는 듯이 세를 모아 도요토미 히데요시의 수하들을 척결해 나가기 시작했다. 이 내전에서 고니시 유키나가는 도쿠가와 이에야스에 맞서는 서군(西軍)에 들어갔고, 숙적 가토 기요마사는 이에야스의 동군에 들어갔다. 동군과 서군으로 불린 양대 세력은 세키가하라에서 팽팽하게 맞섰지만, 내부의 배신으로 고니시 유키나가가 속한 서군이 어이없게 무너지고 말았다. 패배한 고니시 유키나가는 체포되어 도쿠가와 이에야스 앞으로 압송되었다.

그런데도 우도성 안에서는 전투의 상황은 물론 성주의 소식조차 아직 알 길이 없었다. 이제는 적이 된 이웃 영주(가토 기요마사)의 군대가 사방을 둘러싸고 있어서 도무지 소식을 주고받을 방도가 없었던 것이다. 그런데 그런 철통같은 경계를 뚫고 고니시 유키나가의 부하 둘이 한밤중에 바다를 통해 우도성 잠입에 성공했다.

"전쟁은 패했고 성주님은 포로가 되었습니다. 성주님은 가토 기요마사에게 성을 내주고, 사람들을 하나도 다치게 하지 말라고 하셨습니다."

쥬스타를 비롯하여 성에서 이제나저제나 성주의 소식만을 기다리던 사람들에게는 그야말로 청천벽력 같은 소리였다. 이어 가토 기요마사로부터 최후통첩이 왔다.

"책임은 한 사람에 그친다. 성주의 동생 고니시 유키가게(小西行景)는 할복하라. 그러면 나머지 사람들은 모두 살려준다."

고니시 유키나가를 대신하여 성을 지키고 있던 동생 유키가게는 어쩔 수 없이 할복한다. 이로써 우도성은 가토 기요마사의 수중에 떨어졌고, 고니시 일가는 멸족을 향한 죽음의 대열에 들어서게 되었다.

한편, 전투에 패하여 포로가 된 고니시 유키나가는 참수를 앞두고 모진 고문에 시달리던 옥중에서 부인 쥬스타에게 눈물로 얼룩진 편지 한 통을 보냈다. 편지에서 유키나가는 자신이 지금 당하는 고통이 조선 원정에서 수많은 사람들을 죽인 죄업 때문이라면서, 그 죄업을 조금이라도 씻어주려는 천주님의 뜻이라 알고 기꺼이 고통을 견딘다고 했다. 그러면서 더욱 신심을 다해 천주님을 모시라고 부인에게 당부한다. 그러나 이 편지는 쥬스타 부인에게 즉시 전달되지 못하였고, 고니시 유키나가의 사후 그의 옷깃 안에서 발견되었다고 한다.

나는 포로가 된 이래 삼엄한 옥중에서 고통을 받고 있소. 이 고통은 말로 표현할 수가 없을 정도라오. 세상에서 고통을 받은 사람이 아무리 많았을지라도, 아직 나와 같은 사람은 없었을 것이오. 다만, 하느님이 내가 오늘 받는 고초로써 어두운 죄업을 소멸해 주시기만을 기도하고 있소. 지금 내가 받는 고통은 나의 죄업임을 자각하고, 앞으로 다가올 죄업은 하느님의 높은 은혜로 사해질 것이라 믿고 있소. 아마도 그 은혜는 끝이 없을 것이오. 내가 당신에게 바라고 요구하는 것은, 현세의 행복은 구름과 같아 모든 행복은 반드시 천당에 있음을 깨닫고, 하느님을 모시는 데 성심을 다하고 한마음으로 하느님을 섬기라는 것이오.

그렇게 마지막 유언을 남긴 고니시 유키나가는 형장의 이슬로 사라졌다. 도쿠가와 이에야스는 그에게 할복으로 다이묘(大名)의 체통을 지키라고 명령했지만 그는 스스로 천주교인임을 들어 참수를 청했다.

성주 고니시 유키나가가 처형되자 그 가족들의 운명도 바람 앞의 등불이 되었다. 가신이나 하녀들의 처지라고 다를 건 별로 없었다. 오타 줄리아의 처지 역시 마찬가지였다.

우선 고니시 유키나가와 부인 쥬스타 사이에서 태어난 딸 마리아는 남편인 쓰시마 영주에게서 이혼을 당했다. 반란군 편에 섰다가 전투에서 패하고 참수된 유키나가의 죽음과 맞물려, 이에야스의 시선을 두려워한 쓰시마 영주 소 요시토시(宗義智)가 일방적으로 내린 결정이었다. 소 요시토시는 두세 명의 시녀와 함께 부인을 배에 태워 나가사키로 보냈고, 갈 곳이 없어진 마리아 일행은 선교사들에게 의탁하게 된다.

이 불쌍한 행렬에는 마리아의 어린 아들 고니시 만쇼도 포함되어 있었다. 말하자면 고니시 유키나가와 쥬스타의 외손자다. 이들은 나가사키에서 예수회의 보호를 받았다. 예수회 신부들은 이들에게 수도원 같은 거처를 제공했고, 그들은 거기서 공동생활을 하며 정결 서원과 더불어 천주교인으로서의 신앙생활을 계속하게 된다. 그리고 고니시 만쇼는 나중에 신부가 되었다. 당시의 나가사키 및 우라카미(浦上) 지역은 박해받는 기독교인들의 피난처 역할을 하고 있었다. 오늘날 쓰시마 이즈하라(嚴原) 하치만구(八幡宮) 신사에는 마리아와 그 아들을 기리는 사당이 만들어져 있다. 마리아가 죽은 시기에 대해서는 알 수 없다.

고니시 유키나가와 쥬스타 부부 사이에는 당시 12세였던 친아들 고니시 효고(小西兵庫)도 있었는데, 세키가하라 전쟁 무렵 모우리 테루모토(毛利輝元)에게 맡겨져 히로시마에 있었다. 전쟁이 끝나고 유키나가가 패하자 테루모토는 독단적으로 그의 머리를 잘랐고, 이를 도쿠가와 이에야스에게 보냈다. 도쿠가와는 테루모토의 행동을 싫어하여 효고의 목 받기를 거부했다고 한다.

가토 기요마사는 우도성을 점령하자마자 약재와 의서를 급히 챙기더니 줄리아도 또한 찾았다. 그가 그렇게 급히 줄리아를 찾은 이유는 의서 및 약재들과 함께 그녀도 어디론가 같이 보내기 위함이었다.

줄리아가 엉겁결에 우도성을 떠날 때, 쥬스타 부인은 하염없이 울었다. 그러고 보니 우도성에서 8년이라는 세월을 보냈다. 멀고 먼 왜국 땅에 잡혀 와 천주교 세례를 받고, 다른 시종들과는 다른 신분으로 약재와 의술에 대해 더 많은 것을 알게 된 배경에는 쥬스타 부인의 배려가 있었다. 줄리아의 몸과 마음이 한껏 자랐고 약재와 환자들에게 묻혀 지낸 세월만큼 의술도 성장하였다. 그동안 환자들도 많이 다녀갔다. 모르는 사이에 줄리아의 명성이 알려져, 아주 먼 곳에서도 중병에 걸린 자들이 찾아올 정도가 되었다. 그런데 이렇게 갑자기, 줄리아는 챙겨진 의서 및 약재와 함께 어디로 가는지 모르는 길을 다시 떠나야 했다. 조선에서 처음 잡혀 올 때와 하나도 다를 것이 없었다.

줄리아는 떠나면서 쥬스타 부인에게 빠뜨리지 말고 약을 잘 챙겨드시라고 당부하고 또 당부했다. 참아도 눈물이 줄줄 흘렀다. 병약한 쥬스타 부인은 이내 실신하고 말았다. 점령군들이 줄리아의 짐짝을 다 싸자 지체없이 이를 수레에 실었다. 이별의 시간은 길지 않았다. 실신한 부인을 두고 떠나려니 발걸음이 떨어지질 않았다. 그녀가

머뭇거리자 군사들이 떠나길 재촉했다. 아무도 그녀가 어디로 갈 것
이라는 말을 해주지 않았다.

제2부 흔적을 찾아서

임진왜란 종전 후 가토 기요마사는 구마모토 번 초대 번주가 되었다.
일본 3대 명성(名城)으로 유명한 구마모토성을 1607년 축성하였는데,
울산왜성 전투에서 식수 고갈로 죽을 뻔했던 일을 교훈 삼아
성내에 우물을 120개가 넘게 만들고
다다미도 식용이 가능한 고구마 줄기를 재료로 사용하였다.

_ 위키백과의 〈가토 기요마사〉 항목 중에서

쥬스타 부인은 눈앞이 캄캄하기만 했다. 처형된 남편도 남편이지만,
시집간 딸이며 포로 신세나 다름없는 열두 살 어린 아들은 또 어떻
게 될 것인지 짐작도 하기 어려웠다. 그간 곁에서 자신을 돌봐주던
줄리아마저 점령자들의 손에 붙잡혀 어딘가로 끌려갈 모양이었다.
배가 아파 낳은 딸은 아니지만 그 이상의 인연으로 사랑을 주고받던
사이였다. 줄리아가 떠나가면 쥬스타는 완전히 혼자가 된다. 두려웠
다. 그래도 챙겨줄 것은 챙겨주어야 했다. 쥬스타는 줄리아에게 아끼

던 물건들, 기억할 물건들, 그리고 제일 중요한 성상들을 챙겨주었다.

　기록에 의하면, 1600년 도쿠가와 이에야스의 편인 가토 기요마사는 이에야스로부터 히고(肥後)의 영유보증을 받은 것을 시작으로, 고니시 유키나가가 없는 유키나가의 영지로 군사침공을 감행하여 9월 하순에 우도성을 포위한다. 우도 성의 가신들은 처음에는 가토 군의 공격을 잘 막았지만, 결국엔 10월 15일경 성문을 열어주고 말았다. 영주를 대신해 성을 지키던 성주의 동생은 할복한다. 그리고 10월 17일에는 역시 고니시의 영지이던 야쓰시로성도 가토 군의 손에 넘어간다.

　가토 기요마사는 처음에는 고니시 유키나가의 유력한 무장과 가신들을 호의적인 태도로 대했지만, 1년 후에는 그들에 대한 적개심을 노골적으로 드러내며 박해했다. 유키나가의 영지는 본래 '그리스도의 섬'이라고 불릴 정도로 천주교 신자들이 많았다. 이들은 가토 기요마사의 1차 박해 대상이 되었다. 배교(背敎)하지 않으면 녹을 주지 않겠다는 기요마사의 협박에 다수의 가신들이 배교했고, 나이토 조안(內藤如安)과 조루지(結城) 등 유력한 천주교 무장들이 히고를 떠났다. 그리고 1603년 12월, 최후까지 개종을 거부한 조안(南) 고로우사 이몽(伍郎左衛門)과 시몬 다케다 료메이(竹田両名) 등은 가토 기요마사에 의해 결국 처형되었다. 또 조안의 처 막달레나와 아들 루도비코, 시몬의 어머니 요안나와 처 아네스가 야쓰시로에서 처형되었다.

가토 기요마사와 고니시 유키나가는 참으로 기이한 인연이었다. 고니시 유키나가는 유복한 집안 출신이고 가토 기요마사는 어릴 때부터 어머니의 친척인 도요토미 히데요시에게 기대 살던 처지였다. 그러던 가토 기요마사는 도요토미 히데요시가 정국을 장악하는 데 적잖은 공을 세웠으므로 조선 침공 때 선봉대 1진 수장으로 참전하는 것을 의심치 않았는데, 고니시 유키나가가 1진 선봉장으로 임명되자 가슴 속에 증오를 품는다.

신앙적으로도 가토 기요마사는 일련승 계열이었고, 고니시 유키나가는 그리스도교였다. 당시 고니시 유키나가는 신앙을 바탕으로 그의 입지를 탄탄하게 구성하고 있었다. 실은 이러한 것을 알고 있던 도요토미 히데요시가 고니시 유키나가를 일부러 조선 침공의 선두에 세운 것이었다. 전선은 전장이어서 반은 죽은 자들이 될 것이기 때문이었다.

도쿠가와 이에야스에게도 고니시 유키나가는 두려운 경쟁자였다. 그가 가토 기요마사와 손을 잡는다면 어떤 사태가 전개될지 모르는 일이었다. 동군과 서군이 담판을 지은 세키가하라 전투는 도요토미 히데요시의 잔존세력들 간에 싸움을 붙여 그들이 서로 결속하지 못하게 하려는 도쿠가와 이에야스의 술책에 따른 것이기도 하였다. 힘들이지 않고 고니시 유키나가를 제거하고, 가토 기요마사를 확실한 수하로 끌어들였다.

이로써 아직 도요토미 가(家)의 히데요리(豊臣秀賴)와 그 잔존세력이 운집해 있는 오사카성 문제가 남아있지만, 사실상 정국은 도쿠가와 이에야스의 손에 평정되었다.

돌이켜 보면 참으로 오랜 세월을 기다린 인고의 대가였다. 죽은 듯 기다리던 그 시간에도 목숨을 위협하는 순간들이 전장과 못지않았다. 고니시 유키나가를 참수했다는 보고를 받고는 오랜 세월 쌓였던 긴장이 풀리면서 몸을 지탱할 수 없었다. 이어 뼈를 깎아내는 듯한 통증이 일었다. 뿐만 아니라 등에 종기가 나기 시작하고 먹은 음식을 토하기까지 했다.

갑자기 죽음의 문턱에 와 있는 것이 아닌가 하는 불안감이 엄습했다. 열도의 모든 것을 장악했는데 여기서 목숨을 잃어버린다면 아무런 소용이 없는 일이었다. 그는 자신이 아프다는 사실이 새어 나갈 경우 반란이 일어날지도 모른다는 생각도 들었다. 어찌 보면 지금부터가 시작이었다. 오사카성의 문제도 그랬지만 장성한 아들과 그의 수하들도 안심할 처지가 아니었다.

그런데 측근의 의원 누구도 그의 병을 제대로 다스리지 못했다. 병고는 아무도 대신 치러주지 못한다. 가능한 한 빨리 자신을 돌봐줄, 아니 지금의 고통에서 벗어나게 해줄 의원을 찾아야만 했다. 마침내 천하를 통일한 이에야스에게 가장 시급한 일이 그것이었다.

도쿠가와 이에야스가 나라 안에서 제일가는 의원을 찾아오라 명하니 엉뚱한 보고가 올라왔다. 죽은 고니시 유키나가의 우도성에 있는 조선인 처녀에 관한 것이었다. 처음엔 기가 막혔다. 조선 출신 의녀라니, 당치도 않다고 생각했다. 하지만 쥬스타 부인의 치료에서부터 이웃 성주들의 치료와 아이들의 치료, 나병 환자들의 치료에 관한 내용을 소상히 듣고 보니 더 망설일 이유가 없었다. 지푸라기라도 잡아야 했다. 게다가 그녀는 조선의 의서들을 가지고 있고, 조선에서 가져온 귀한 약재도 다스릴 줄 안다고 했다.

빠르기는 가토 기요마사만한 자가 없었다. 천하를 얻은들 자신의 목숨을 잃으면 허사여서 이보다 더 중요한 일이 없었다. 밑도 끝도 없이 기요마사에게 명을 내려 우도성의 조선 처녀를 급히 잡아오게 했다.

가토 기요마사는 우도성 성문이 열리자 즉시 조선에서 왔다는 처녀부터 찾았다. 참수된 성주의 부인 쥬스타와 함께 있는 젊은 여인이었다. 얼굴을 보니 주군이 일부러 찾을만한 미모가 틀림없었다.

그나저나 이 여인은 주군에게 보내면 그만이지만, 쥬스타 부인을 어떻게 처분해야 할지 기요마사는 혼란스러웠다. 우도성의 처분을 유하게 한다면 에도막부에서 의심할 것이었다. 고니시 유키나가의 흔적을 철저하게 지울 수밖에 없었다.

한편, 오사카성에 있는 도요토미 가문 사람들은 가토 기요마사가 자기네 편으로 돌아오길 은근히 바라고 있었지만, 우도성을 장악함으로써 기요마사는 돌아올 수 없는 다리를 건너 버렸다. 도요토미 생전, 누구보다 충성을 바치던 사람이 가토 기요마사였다. 그런데 이제는 영원히 적이 되어버린 것이다.

도쿠가와 이에야스는 항상 이렇게 하나의 화살로 두 마리의 새를 잡았다. 가토 기요마사로 하여금 우도성을 장악하게 함으로써 고니시 유키나가의 세력을 발본색원하고, 가토 기요마사로 하여금 배신의 명분을 가질 수 없게 해버린 것이다.

순결 純潔

그녀의 덕행 중에서 가장 돋보이는 점은

아직 젊은 나이인 인생의 황금기에 있으며

무엇보다도 매우 아름다운 용모를 지녔고

또한 그 많은 좋은 기회에도 불구하고

가시 사이의 장미처럼

자신의 영혼을 더럽히느니 차라리 삶을 포기하겠다는 각오로

자신을 지켜나가고 있다는 것입니다.

_ 히람 산부의 서한 중에서

짐작은 했지만, 아직 소녀티를 벗지 않은 처녀를 본 도쿠가와 이에야스는 기가 막혔다. 아무래도 소문과 같지 않으리라 여겨졌다. 그래도 데려왔으니 일단은 처치를 받아보자고 마음을 누그러뜨렸다. 이에야스가 손짓을 하자 처녀는 망설임 없이 권력자의 엄지를 바늘로 찔렀다. 그러자 검은 피가 튀었다. 그리고 나서 여인은 환부를 살핀

뒤 바르는 고약을 만들어 왔다. 이에야스는 그날 오랜만에 깊은 잠을 잘 수 있었다. 다음 날, 권력자는 그녀에게 합당한 자리와 상당한 은자를 내렸다.

도쿠가와 이에야스가 서둘러 가토 기요마사를 보내 고니시 유키나가가 없는 우도성을 점령하게 한 것도 우도성에 있는 줄리아와 약재가 필요했기 때문이었다. 조선 충주 관아에서 잡혀올 때와 똑같이 우도성에 있던 의서가 꾸려지고, 약재가 챙겨지고, 밤낮을 가리지 않고 행군을 했다. 그땐 왜 그렇게 급한 길을 재촉하는지 이해되지 않았다.

어디로 가는지 모르는 행군이 밤낮을 가리지 않았다. 참으로 먼 길이었다. 왜국이 이렇게 넓은 줄 몰랐다. 군사들이 구간을 정해 기다리고 있었다. 참으로 많은 눈물을 흘렸다. 비도 내리고 바람도 불었다. 그렇게 울고 울면서 닿은 곳이 에도(江戶)였다.

도착하자마자 곧 임무가 주어졌다. 여인들이 도열하고 있는 몇 개의 문을 지나 깊은 본체에 다다르니 도쿠가와 이에야스가 바로 눕지 못하고 엎드려 있었다. 줄리아는 그를 보았지만 그는 줄리아를 보지 않았다. 깊은 침묵이 흐른 후에야 줄리아가 권력자의 엄지에 침을 놓고 환부를 살핀 후 자리에서 일어났다.

그를 치료하기 위해 바르는 약도 만들었다. 약을 바른 도쿠가와 이에야스는 오랜만에 깊은 잠에 빠졌다. 그는 시녀를 줄리아에게 보내 의관도 해내지 못한 일이라고 칭송하면서 어떤 직을 주었으면 좋겠느냐고 물었다. 줄리아는 우도성으로 돌아가고 싶다고 청했다. 하지만 그 청이 받아들여질 것이라고는 기대하지 않았다.

이에야스는 줄리아가 청하지 않았지만 하인 몇 명과 직책을 주었고, 자신의 약을 줄리아가 전담하여 만들도록 하였다. 그렇게 한 달여 만에 건강을 회복하자 자신의 병 치료에 진력한 줄리아에게 많은 재물을 상으로 내렸다.

사람들은 유배되기 전까지 오타 줄리아가 도쿠가와 이에야스의 남다른 총애를 받았다고 증언한다. 궁정의 가장 깊은 곳에 거처하는 권력자를, 신임하는 시녀 외에 누구도 들어갈 수 없는 거처에서, 오타 줄리아는 아무런 제재도 받지 않고 자유로이 드나들며 자기 마음대로 만났으니 그런 짐작을 하는 것도 무리가 아니다. 그렇다면 이에야스는 왜 그녀에게, 조선에서 붙잡혀온 미천한 처녀에게, 그런 특권을 허락했을까?

혹자들은 그녀의 미모 때문일 것이라고 짐작한다. 도쿠가와의 측실 노릇을 한 게 아니냐는 것이다. 이런 의심은 사실 오타 줄리아가 도쿠가와의 궁정에서 지내던 당시, 그녀와 직접 만났던 서양인 선교사들도 똑같이 품고 있던 것이다. 성실하고 신심 깊으며 누구보다 신앙에 열심인 줄리아였지만, 선교사들이 보기에도 그녀는 조선 출신치고는 너무나 유복한 귀부인처럼 지내고 있었다. 다음은 프란치스코회의 일본 포교장 아론소 무뇨스(O. F. Munoz, ?~1620) 신부가 오사카(大阪)에서, 필리핀에 있던 성 그레고리오 관구의 프란치스코회 관구장에게 1607년 2월에 보낸 서한의 일부다.

황제가 다른 귀부인들을 자기 마음대로 불러, 그녀들을 남용하므로, 줄리아도 황제의 측실이 아닐까 하는 염려가 있어, 적당한 때가 될 때까지 성체배령을 허락하지 않았습니다. 그런데 그녀는, 만약 황제가 다른 부인들을 불러들이는 것처럼 자신을 그 방으로 부른다 해도, (자신은) 그것을 거부한다고 말했습니다. 또, 그래서 효과가 없다면, 몸이 찢겨도 승낙하지 않을 것이라고 말했습니다.

오타 줄리아가 신부에게 일부러 거짓말을 하는 게 아니라면, 그녀가 도쿠가와 이에야스의 측실은 결코 아니었다는 얘기다. 후안 로드리게스 히람(Juan Rodrigues Giram, 1558~1629) 신부의 서한에서도 그녀가 '뛰어난 미모에도 불구하고, 가시 사이의 장미처럼, 목숨을 버려서라도 자신의 동정을 더럽히지 않겠다는 각오로 자기를 지키고 있다'는 내용이 확인된다. 동정녀로서의 오타 줄리아는 의심할 여지가 없다.

그렇다면 다시 원점으로 돌아가서, 오타 줄리아는 어떤 특별한 재주가 있었기에 도쿠가와의 궁전에서 그런 특권을 누릴 수 있었을까? 아마 요리나 빨래를 잘했기 때문은 아닐 것이다. 일반인이 해낼 수 없는 아주 특별한 재능이 아니고는 그녀의 특권에 대해 설명하기 어렵다. 필자는 그것이 의술이었을 것으로 짐작한다. 치유자의 모습으로 신앙의 대상이자 전설이 된 오타 줄리아에 대해서는 앞에서도 살펴본 바 있다.

그렇다면 도쿠가와의 궁전에서 지내던 무렵의 오타 줄리아는 어떤 생활을 하고 있었을까? 앞에서 짧게 소개한 무뇨스 신부의 서한을 좀 더 자세히 살펴보기로 하자.

말이 나온 김에 여기에서 천주교인이 박해당한다는 소문이 퍼지고 있는 이때, 황제의 궁정에 한 명의 귀부인이 에도에서 어떠한 행위를 했는지를 생략해서는 안 된다고 생각합니다. 이 부인의 이름은 줄리아입니다.

신심 깊고, 자선사업으로 모범적인 천주교 신자이고, 상당한 기부로써 우리들을 도와줄 뿐만 아니라, 다른 다수의 가난한 천주교인에게도 의복이랑 음식을 나누어 주고, 자주 교회에 와서 열심히 고해성사를 봅니다.

박해에 대해 알게 되자, 교회에 와서 용서의 고해성사를 받고, 성체를 영했습니다. 그리고 유언서를 작성하고 많은 세상사를 정리하고, 은과 쌀 그 외 물건들을 가난한 천주교인에게 나누어주고, "천주교인인 것을, 먼저 나서서 표명하지 않으면 안 되는 사람이 바로 저입니다"라고 말했습니다.

황제가 다른 귀부인들을 자기 마음대로 불러, 그녀들을 남용하므로, 줄리아도 황제의 측실이 아닐까 하는 염려가 있어, 적당한 때가 될 때까지 성체배령을 허락하지 않았습니다. 그런데 그녀는, 만약 황제가 다른 부인들을 불러들이는 것처럼 자신을 그 방으로 부른다 해도, (자신은) 그것을 거부한다고 말했습니다. 또, 그래서 효과가 없다면, 몸이 찢겨도 승낙하지 않을 것이라고 말했습니다.

그녀는 이 기회에 특히 주의 깊게, 일어난 일들을 매사에 에도 교회에 글로 알리고, "지금은 이렇게 해야 한다"라든가, 혹은 "그렇게 하라, 이렇게 할 것은 아니다"라든가, 혹은 "매우 중요하므로, 지금이야말로 이 도노(殿) 저 도노(殿)를 방문하는 것이 좋다"라고 지시를 해주었습니다.

이 귀부인은 궁정 안에서 끊임없는 그리스도교적 신심 생활을 수행하고 있습니다. 그리고 교회가 동숙(同宿)을 필요로 한다고 들었을 때, 자신이 양자로 삼고 있던 12세 소년과 또 한 사람의 12세 소년을 동숙으로 교회에 봉헌하였습니다.

이 서한에 따르면 오타 줄리아는 다른 궁인들과 달리 궁 밖에 비교적 자유로이 출입할 수 있어서, 프란치스코회 신부가 주재하고 있던 천주교회에 자주 드나들었다. 시간이 맞으면 미사에도 참례했다. 이밖에도 이 서한을 통해 우리는 오타 줄리아의 에도 시절에 대해 다음과 같은 몇 가지 정보들을 얻을 수 있다.

첫째, 오타 줄리아는 도쿠가와 이에야스의 궁정에서 생활하는 '귀부인'이었다. 그만한 직위와 재산을 소유하고 있었음은 물론이다.

둘째, 신심 깊고 모범적인 천주교 신자였다. 자주 교회에 와서 열심히 고해성사를 하고, 성체배령을 하기도 하였다.

셋째, 상당한 정도의 재산을 소유하고 있어서 자선사업에도 열심이었다. 교회에 봉사하는 것은 물론, 가난한 교인들에게도 의복과 음식을 나누어주었다. 나중에는 은과 식량까지 모두 나누어주었으며, 교회에 자신의 양자 두 명을 동숙으로 봉헌하기도 하였다.

넷째, 천주교 박해가 본격화되면서 기꺼이 순교할 준비를 스스로 하고 있었다. 그녀는 천주교인임을 스스로 천명할 준비가 되어있다고 선언하는 한편, 유언장을 작성하고 신변도 정리했다.

다섯째, 도쿠가와의 측근이지만 동정녀로서의 정체성을 지키기 위해서라면 기꺼이 죽을 준비가 되어있을 정도로 영혼의 고결함을 추구했다.

여섯째, 도쿠가와의 궁정과 교회 사이에서 통신 및 조언을 아끼지 않았다. 교인들은 물론 신부들도 그녀의 정보력과 조력에 크게 의지했을 것이다. 그만큼 내밀한 정보를 많이 알고 있었다는 것이고, 이는 그녀가 상당히 높은 지위에 있었으며, 많은 궁인들에게 신뢰를 얻고 있었다는 의미이기도 하다. 또 교회에 이런저런 조언을 할 수 있을 정도로 명민하고 세상사에도 밝았다는 증거다.

일곱째, 궁정 안에서도 끊임없는 그리스도교적 신심 생활을 수행하고 있었다. 그런데 이 부분은 약간의 추가 설명이 필요하다. 당시 본격적인 천주교 박해가 다시 시작되고 있었고, 이런 상황에서 박해를 주도하는 궁정 안에서 신앙생활을 계속한다는 건 상식적으로 매우 쉽지 않은 일이기 때문이다. 이 문제와 관련해서는 히람(Juan Rodrigues Giram, 1558~1629) 신부가 아꾸아비바(Cludio Aquaviva) 예수회 총장신부에게 보낸 서한이 좋은 참고자료가 된다. 이 편지는 나가사키(長崎)에서 1606년 3월 10일 발송된 것이며, 편지를 보낸 히람 신부는 포르투갈 출신 예수회 신부로서 1586년부터 1614년까지 일본에서 살았으며 마카오로 추방되어 거기서 사망한 분이다.

궁정 쿠보(公方, 도쿠가와 이에야스)를 시중드는 여인들 중에 천주교인들이 몇 명 있습니다. 그들 중에서 아우구스티노(고니시 유키나가)의 부인 소유였던 한 조선 여인은 깊은 신앙심과 열정의 마음으로 행동하여 때때로 안정

시켜주는 것이 필요합니다.

(중략)

이 덕 많은 여인은 성경책을 읽고, 기도하는 데 밤의 많은 시간을 이용합니다. 이는 그녀가 궁중에서의 봉사 의무를 수행하고, 우리의 성스러운 계율에 적대적인 쿠보(公方)나 그 부인들과 같은 이교도들 사이에서 생활하기 때문에 낮에는 시간을 낼 수 없어서입니다. 그 같은 신앙생활을 위해서 그녀는 은밀한 장소에 조그만 기도단을 차려 놓았는데 너무나 교묘하게 만들어서 그 누구도 이를 발견하거나 우연히 마주칠 수도 없습니다.

그리고 다른 방법으로는 궁궐 밖으로 나갈 수 없으므로 종종 그녀의 친지를 방문한다는 구실로 허가를 얻어 궁궐에서 나와 고해를 하고 영성체를 받으러 오는데, 일을 너무나 감동적이고 헌신적으로 하기 때문에 보는 사람들에게 큰 위안을 주고 있습니다.

그녀는 그곳에서 천주교 동료 신도들에게 믿음 안에서 머물며 인내하도록 충고합니다. 그렇기에 큰 열정과 지조로써 그녀는 이미 큰일을 했으며 이교도들을 완화시킬 수 있는 기회를 놓치지 않았습니다. 다시 말해서 이교도들을 천주교인으로 개종하도록 설득시킬 수 없다면 적어도 그들이 우리의 성스러운 계율에 대해 나쁘게 생각하거나 이야기하지 않도록 만들었습니다. 그리고 우리 선교단의 일과 천주교의 복음전파를 위해 유익하다고 생각되는 것에 대해 아주 좋은 소식을 저희에게 종종 전해주었습니다. 이는 그녀가 궁중에서 생활하기에 그곳에서 일어나는 일을 상세하게 알기 때문입니다.

그러나 그녀의 덕행 중에서 가장 돋보이는 점은, 아직 젊은 나이인 인생의 황금기에 있으며 무엇보다도 매우 아름다운 용모를 지녔고 또한 그 많은 좋은 기회에도 불구하고, 가시 사이의 장미처럼, 자신의 영혼을 더 럽히느니 차라리 삶을 포기하겠다는 각오로 자신을 지켜나가고 있다는 것입니다.

이 서한에는 오타 줄리아의 신앙생활이 상당히 자세하게 묘사되어 있다. 우선 성경책을 읽고, 기도단을 만들었다고 기록하고 있다. 그런데 그 기도단은 너무나 교묘해서 아무도 찾을 수 없다고 했다. 궁중 내부의 반기독교적 분위기 속에서 신앙을 지키기 위해 얼마나 많은 노력을 기울였는지 알 수 있다. 또 친척을 만나러 나간다고 속이고 예배에 참례하는 등 기독교도로서의 신앙을 지키기 위해 무던히 애를 썼음을 알 수 있다. 무뇨스 신부의 서한에서도 이미 확인한 것처럼 궁중에서 지내는 사람만이 알 수 있는 내밀한 정보들을 교회에 제공함으로써 적절히 대처할 수 있도록 안내하는 역할도 수행했다. 그것은 아마도 목숨을 걸지 않으면 하기 어려운 일들이었을 것이다.

'아직 젊은 나이인 인생의 황금기에 있으며'라는 대목에서 그녀의 나이도 짐작해볼 수 있다. 이를 스물아홉 정도로 이해한다면 임진왜란이 나던 해 그녀의 나이는 열다섯 살이 된다.

이 무렵까지 도쿠가와 이에야스는 서양 선교사들과 교류를 이어오고 있었고, 그 덕에 선교사들의 일본 체류도 허용되고 있었다. 이는 선교사들이 무역이나 신기술 도입에 매개가 되었기 때문이다. 그러나 그리스도교 교세가 퍼져나가 세력화되려는 조짐을 보이자 도쿠가와 이에야스는 이를 예의주시하게 되었다.

그러던 중, 같은 서양인이지만 포교와는 거리를 두고 이익만을 좇는 영국인 윌리암 아담스를 만나게 된다. 이에야스는 오란다(네덜란드) 상선 리-후데(Liefde) 호를 타고 나타난 이 자를 취하면 이제까지 의탁했던 서양인 선교사들과 단절해도 손해볼 것이 없겠다고 판단한다. 게다가 윌리암 아담스가 제안한 무역의 패턴은 이제까지와는 달라 도쿠가와 이에야스에게 더 많은 이익을 가져다줄 것으로 여겨졌다. 포교에는 전혀 관심이 없다는 그에게 이에야스는 더 많은 관심을 가지게 되었고, 기독교가 설 자리는 그만큼 더 좁아지게 되었다.

이 선량한 여성은 화재 때에, 다행히도 생명은 건졌습니다만,

소지품은 모조리 타버렸습니다.

…… 불길이 그녀가 살고 있던 곳에서 격렬해지기 시작한 때에,

성상을 잃는 것은 다른 물건을 잃는 것보다 큰 손실이라고 생각하고,

있는 힘을 다해 이것을 구해냈습니다.

_ 히람 신부의 서한 중에서

1605년, 이에야스가 아들에게 에도(江戶)성을 물려주고 자신은 슨푸(駿府)성으로 옮겨가겠다고 선언했다. 에도성이 갑자기 소란스러워졌고, 줄리아에게도 떠날 채비를 차리라는 명령이 떨어졌다.

이렇게 에도에서 슨푸로 옮기면서 도쿠가와 이에야스는 쇼군(將軍) 위의 직위인 오고쇼(大御所)가 되었다. 에도의 쇼군은 오고쇼의 사전 결재를 얻어 정무를 집행했다.

1607년, 열도의 최고 권력자 도쿠가와 이에야스가 머물던 슨푸성이 불길에 휩싸였다. 불보다 더 요란스러운 것이 여인들이었다. 비명이 한밤의 정적을 깨우며 성 안 곳곳을 휘몰아쳤다. 그 비명에 놀라 잠에서 깬 줄리아는 황급히 몸을 일으켜 밖으로 나갔지만 이미 불길이 거세어 피할 곳조차 없었다. 하는 수 없이 정원 연못으로 뛰어들었다.

그런데 너무 급히 나오느라 미처 성상을 챙기지 못했다는 생각이 퍼뜩 뇌리를 스쳤고, 줄리아는 이미 불길에 휩싸이기 시작하는 자신의 방으로 다시 달려갔다. 하녀 하나가 따라 들어왔다. 다행히 온몸이 물에 젖은 상태라 두 여인은 불길 속에서도 성상을 찾아들고 무사히 살아나올 수 있었다.

그리고 잠시 후, 이번에는 오고쇼가 보이지 않는다는 사실이 새삼 깨우쳐졌다. 그가 머무는 본체는 이미 화마에 휩싸여 무너지기 직전이었다. 줄리아는 오고쇼의 방을 향해 그 불길 속으로 뛰어들었다. 이런저런 생각을 할 경황이 아니었다. 본체로 가보니 측실이며 시종들은 보이지 않고 오고쇼 혼자서 허둥대고 있었다. 줄리아는 물에 젖은 웃옷을 벗어 오고쇼의 얼굴에 감싸고 통로로 이끌었다.

에도에서 이곳으로 옮기면서 그런대로 화려하게 꾸몄던 성체가 이날의 화재로 몽땅 타버렸다. 이후 몇 달에 걸쳐 복구공사가 진행되었고, 슨푸성은 더 화려한 모습으로 다시 태어났다. 그와 함께 줄리아의 지위도 달라졌다. 탕약을 올리는 시간이 되면 궁중의 여인들이 도열해 줄리아가 오기를 기다리고 있었다.

게다가 무슨 영을 내렸는지 궁중의 여인들이 하나같이 줄리아가 나타나면 길에서 비켜서며 먼저 고개를 조아렸다.

이 무렵의 오타 줄리아에 대해서는 후안 로드리게스 히람(Juan Rodrigues Giram) 신부가 아꾸아비바(Claudio Aquaviva) 예수회 총장신부에게 보낸 서한을 통해 확인할 수 있다. 1609년 3월 14일에 나가사키에서 발신된 이 서한에서 히람 신부는 이렇게 보고하고 있다.

줄리아는 슨푸성 안에서 다른 여성들과 함께 고해성사를 하고, 쇼오자부로 도노의 조카 쇼오키치 도노의 집에서 미사를 봉헌하기도 하는데, 거기서 약 13명의 여성들이 성체를 받아 모셨습니다. 그녀들이 성 안에서 얼마나 훌륭한 행동을 하고 있는지, 천주교인이 아닌 여성과 도쿠가와 이에야스의 중요한 처첩들에게 얼마나 많은 교화를 주고 있는지, 라는 점에서 보면 신에게 감사하지 않을 수 없습니다. 그녀들이 개종시킨 성 안의 한 여성에게 엘마노가 설교를 하고 제가 세례를 주었습니다.

줄리아는 지금은 전보다 지위가 더 좋아져, 도쿠가와 이에야스에게 직접 봉사하고 있습니다. 그러나 현세의 어떠한 특권보다도 구원의 길에 협력하는 자유를 희망하고 있기에, 성을 떠나서 천주교인들 사이에서 생활하는 것을 생각하며, 병이 나기를 원하고 있습니다.

이 선량한 여성은 화재 때에, 다행히도 생명은 건졌습니다만, 소지품은 모조리 타버렸습니다. 그러나 도쿠가와 이에야스와 처첩들이 거의 벌거벗은 몸으로 도망쳐 나올 정도로 맹렬한 불길 속에서, 그녀와 천주교인인 그녀의 하녀 한 사람은, 불길이 그녀가 살고 있던 곳에서 격렬해지기 시작한 때에, 성상을 잃는 것은 다른 물건을 잃는 것보다 큰 손실이라고 생각하고, 있는 힘을 다해 이것을 구해냈습니다.

슨푸성의 화재 이후 오타 줄리아의 '지위가 더 좋아'진 것은 그녀가 불길 속에서 도쿠가와를 위해 희생적인 행동을 했기 때문으로 짐작된다. 줄리아가 이에야스에게 '직접' 봉사하고 있다는 얘기는 탕약 등을 손수 시약하게 되었다는 의미라고 이해할 수 있다. 이처럼 오타 줄리아는 슨푸성에서도 궁중의 일반 처첩들과는 다른 직분으로 상당한 지위에 올라 있었음을 확인할 수 있다.

13

핍박 逼迫

신의 섭리란 정말 헤아릴 수 없는 것인가 봅니다.

주님께 이전에 어떠한 봉사도 하지 못했는데

이렇게 뚜렷한 은총을 주심에 크게 감사하며

주어지는 어떠한 일이나 슬픔도 감수할 준비가 되어있습니다.

_ 오타 줄리아가 순찰사 신부에게 보낸 서한 중에서

1612년, 도쿠가와 이에야스의 신하 중 하나가 타인의 재물을 횡령하는 사건이 생기는데, 불행히도 그가 천주교인이었다. 고니시 유키나가 추종세력들의 결집과 맞물려 천주교를 금하고 박해하는 명분이 되어 버렸다. 이 과정은 박양자 수녀의 〈일본 기리시탄 순교사와 조선인〉에 잘 정리되어 있다.

슨푸성에서 기리시탄 금제 발포의 도화선이 된 것은 아리마 하루노부(有馬晴信)와 오카모토 다이하치(岡本大八)의 뇌물사건이다.

슨푸성 터에 세워진 도쿠가와 이에야스의 동상

히젠(肥前, 나가사키 현)의 다이묘(大名) 아리마 하루노부 프로다시오는 잃어
버린 영지 세 군(郡)을 되찾기를 희망하고 있었다. 마침 슨푸성 이에야
스의 측근인 혼다 마사스미(本多正純)의 가신 다이하치 바오로가 알선해
주겠다 하며 운동비를 요구해 왔다. 그 후 위조된 주인장(朱印狀)의 초안
을 하루노부에게 건네주고 거액을 사기 쳤다. 하루노부는 이제나 저제
나 하고 소식을 기다리다 못해 드디어 의심을 품고 일의 성부(成否)를 알
기 위해 슨푸성으로 출발하였다. 그런데 이 사정을 알고 있던 장남 나
오즈미(直純) 미겔은 재혼한 쿠니히메(國姬, 이에야스의 양녀)와 함께 이에야스
를 만났다.

쿠니히메는 시아버지 하루노부는 욕심이 많아 아직 영지를 나오즈미에
게 넘겨주지도 않고 일을 꾸미고 있다고 간언하였다. 하루노부도 이에
야스를 만나 전후 사정을 이야기하였다.

격노한 이에야스는 하루노부와 다이하치를 대결시켜 일의 결말을 지었다. 그 결과 다이하치의 거짓이 드러나 재산은 몰수당하고 화형에 처해졌다. 하루노부는 다이하치의 또 다른 보복과 중상에 의해 유배되어 자결의 명을 받았다.

아리마 하루노부 프로다시오는 다이묘로는 수치지만 기리시탄으로서 자결을 거절하였다. 그는 죄를 통회하고 십자가를 앞에 놓고 기도를 올린 다음 참수됐다. 때는 1612년 6월의 일이었다. 아리마의 영지는 나오즈미에게 넘겨졌다. 이에야스는 이 사건을 조사하면서 슨푸성 내에 기리시탄들이 많이 있음에 놀란다.

천주교인들이 연루된 사기 사건의 조사 과정에서 도쿠가와 이에야스는 자신이 머무르는 슨푸성 내에도 천주교 신자들이 적지 않다는 사실을 알게 되었다. 이에야스 입장에서는 그냥 두고볼 수 없는 일이었다.

이로써 기독교 금교령이 내려지고 박해가 시작되었다. 그러자 오타 줄리아가 기독교 신자라는 것을 이미 알고 있던 궁중의 이교도 여인들이 그녀가 천주교 신자라는 사실을 권력자에게 즉각 고해바쳤다.

고발을 접수한 도쿠가와는 고민에 빠졌다. 다른 천주교 신자들을 처형하면서 오타만 면책해줄 수는 없었다. 그렇다고 자신의 건강문제를 책임지는 오타의 목을 벨 수도 없었다. 장고 끝에 도쿠가와는 하나의 묘안을 생각해낸다. 오타가 배교를 명확히 하고 자신의 여자가 되어준다면 벌을 내리지 않더라도 아무도 탓을 하지 않으리란 계산이었다. 기독교는 몰아내고 오타는 더욱 확실히 자기 소유로 삼을 수 있는 절호의 기회가 될지도 몰랐다.

슨푸성에서의 천주교인 적발과 이들에 대한 박해, 그리고 오타 줄리아에 대한 회유의 과정은 서양인 선교사와 상인 등이 남긴 여러 기록에 내용이 자세하다. 여기서는 마떼오 데 꼬우로스(Mateo de Couros, ?~1632) 신부가 아꾸아비바(Cludio Aquaviva) 예수회 총장신부에게 보낸 서한의 한 대목을 인용한다. 꼬우로스 신부의 이 편지는 나가사키에서 1613년 1월 12일에 보낸 것이다.

쿠보(公方)의 명령에 따라, 그의 신하인 14명의 공복들이 재산을 박탈당하고 그들의 시종과 함께 귀양에 처해졌습니다. 이후 궁궐의 여인들에 대한 조사가 시작되었으며, 그들 중 몇몇은 천주교인들이었습니다. 가장 중요한 인물은 줄리아(율리아), 루시아(Lucia), 끌라라(Clarad)였으며, 그녀들 이외에도 그렇게 큰 주의를 끌지 않았던 다른 몇몇이 더 있었습니다.

왕(도쿠가와 이에야스)은 그 세 여인들이 그들의 신앙을 버리게 하라고 명령했습니다. 부하들은 즉시 감옥 같은 방을 만들어 그녀들을 가두고, 그렇게 함으로써 공포를 심어줄 계획을 세웠습니다. 그리고 그곳에 쿠보(公方)가 아끼는 세 여인과 다른 많은 여인들이 들어오자, 천주교인들에 대한 왕의 진노와 불쾌를 전하고, 왕에게 복종하지 않을 경우 그녀들에게 가해질 혹독한 형벌을 전하면서, 그녀들을 불안에 휩싸이게 하였습니다.

그러나 모두가 이구동성으로 그리스도의 계율을 버리느니 차라리 어떠한 고난도 감수할 준비가 되어 있다고 강건하게 말하였으며, 그녀들의 뜻이 확고하여 변호할 기미를 전혀 보이지 않자 모든 것이 왕에게 고해졌고, 이 사실을 접한 왕은 다시 크게 진노하였습니다.

세 여인 중에서 가장 주목받는 인물은 조선 여인으로, 신중하고 분별력이 있으며 젊고 독신인 줄리아였습니다. 그녀는 왕으로부터 인정받고 궁중에서도 존경받는 여인이었습니다. 이런 연유 때문에 분노와 노여움으로 가득 찬 왕은 루시아와 끌라라가 뜻을 굽히지 않는 것은 별로 중요하지 않으나, 줄리아가 자신의 명령을 따르지 않는 것은 참을 수 없는 일이며, 이 일에서는 (줄리아가) 분별력 없는 배은망덕한 여인이라고 말하였습니다. 또한 (줄리아는) 자기로부터 받았던 많고 은혜로운 일들을 기억해야 하며, 그녀가 임진년 전쟁에서 붙잡힌 불쌍한 외국 여인임에도 불구하고 궁궐에서 인정받는 위치에 올랐고, 자신이 행차하는 모든 곳에 대동시키면서 가장 신뢰하는 중요한 여인들 중의 하나가 되었다는 사실을 되새겨야만 한다면서, 어찌 됐든 그런 큰 은혜에도 불구하고 왕명에 불복종한다면 벌을 받아 마땅하다고 말하였습니다.

그 후 왕은 줄리아의 두 동료는 괴롭히지 말고 이전과 똑같은 특권을 유지시켜 주라고 하면서, 어떠한 희생을 치르더라도 줄리아만은 그리스도의 계율을 버리게 하라고 다시 명령하였습니다.

궁궐의 몇몇 여인들은 이 같은 소식을 듣고 줄리아에게 가서 다른 이야기와 함께 그렇게 많고 뚜렷한 은혜를 베푼 왕의 뜻을 거역하지 말라고 이야기했습니다. 이에 줄리아는 신중하고 조심스럽게, 왕으로부터 많은 은혜를 입었음을 결코 부인하지 않으며, 마땅히 은혜에 보답하고 싶다고 말했습니다. 그러나 생명을 주신 하느님에게 더 큰 은혜를 입고 있으며, 주님은 당신에 대한 믿음이 없는 조선에서 태어난 자신을 인도하시고자 아우구스티노(고니시 유키나가)를 통하여 일본에 오게 하시고, 유일한 구원이 있는 성스러운 계율과 당신의 소식을 알게 하시는 커다란 사랑을 베푸셨다고 말하였습니다. 덧붙여 지상의 왕을 기쁘게 하기 위해서 하늘의 왕인 주님을 불편하게 할 수는 없다고 하였습니다.

줄리아의 마음속에는 그리스도의 계율을 간직하고 있었지만, 적어도 말로서는 줄리아가 수그러드는 빛을 보이자, 여인들은 만족스러워했습니다. 그러나 그녀가 또다시 확고하게, (왕에게) 복종할 수도 없고 하지도 않을 것이라고 덧붙이자, 모두 그녀에게 화를 내며, 기품도 없고 야만스러운 외국인이며 좋은 가문이나 교육도 받지 못했음을 잘도 드러낸다는 따위의 모욕적인 말을 퍼부었습니다. 줄리아는 묵묵히 들으며 참아냈습니다.

그 이교도 여인들은 자신들의 뜻을 이룰 수 없음을 깨닫자 난폭해진 나머지 그녀를 죽게 놔두어야겠다고 뜻을 모았으며, (줄리아가) 궁궐에서 사람들의 눈을 피해 수차례 빠져나갔음을 떠들어대면서 줄리아의 명예를 실추시켰고, 그 같은 행위야말로 그녀가 문란한 생활을 하고 있다는 명백한 증거라고 하였습니다.

쿠보(公方)는 이를 듣고 사건을 조사하게 하였으나, 우리의 성당에서 고해를 하고 영성체를 받으며 미사참례를 하기 위해 궁궐에서 나갔던 일 외에는 알아내지 못했습니다. 그리고 궁 안의 모든 사람들이, 동료들의 미움이 그렇게 큰 모략을 일으켰음을 알아내었습니다. 줄리아는 많은 덕을 지닌 여인이고, 궁궐에서도 그 같은 성품을 가진 여인으로 평판이 나서 이교도들까지도 그녀의 모범적인 생활에 놀라고 있다는 것이 알려졌기 때문입니다.

그녀는 가난한 사람들에게 관대했으며 천주교 교리문답서의 설명을 들려주기 위해서 고귀한 다른 사람들을 데려오는 일에 열심이었습니다. 다시 말해서 계율을 수호하며 준수하는 일뿐만 아니라 다른 경건한 일에도 정성을 다하였습니다.

온갖 회유와 협박에도 불구하고 줄리아는 신앙을 버리지 않았으며 왕의 명령도 단호히 거부했다. 이는 도쿠가와 이에야스의 입장에서는 매우 곤란한 일이자 체면이 손상되는 일이며 당연히 분노를 자아내기 충분한 일이었을 것이다. 줄리아와 함께 배교를 하지 않겠다고 선언한 다른 두 여인은 더 묻지 않고 사면을 해주었지만, 줄리아만은 어떻게 해서든 끝까지 배교를 시키도록 명령한 데에서 그가 줄리아를 얼마나 특별하게 여기고 있었는지 확인할 수 있다.

도쿠가와 이에야스와 오타 줄리아 사이에서 벌어진 이런 실랑이는 다른 기록들을 통해서도 충분히 확인된다. 다음은 스페인의 세바스띠안 비까이노(Sebastian Vizcaino) 선장이 1614년에 작성한 보고서의 일부이다.

1611년 7월 6일, 에도의 숙소로 돌아와 하녀 한 명, 보다 정확히 말하면 황제의 궁녀 한 명을 만났는데, 이름은 줄리아이고 천주교인이었으며 대사를 방문하고 미사에 참례하고 있었습니다. 대사는 장난감과 다른 물건들을 주었으나 그녀는 상본(像本)이나 묵주 혹은 헌신의 다른 물건에 보다 큰 관심을 보였고, 사람들이 훌륭한 교인이라고 말했던 것처럼, 보기에도 남달라 보였습니다.

…… 쉬지 않는 사탄은 생겨나는 결과와 교인들의 숫자 증가를 보고, 천주교인 오카모토 다이하치라는 부장의 부관의 눈을 멀게 하였습니다. …… 그의 죄명이 밝혀졌고 매우 진노한 황제는 그를 법에 따라 처벌하도록 명령하였습니다. 고문 중에 그와 함께 부인 그리고 황제의 몇몇 하인들이 교인임을 자백하였습니다. 이런 상황에 이를 때까지 사탄은 다른 사람들도 발각되게 하였습니다. 그래서 모두 투옥되었습니다.

황제는 하느님의 계율과 신앙을 버리라고 위협했으며, 그렇게 하지 않을 경우 녹봉과 재산을 잃고 봉직에서도 쫓아낼 것이라고 하였습니다. 그러나 대부분의 사람들은 꿋꿋하게 참아내었고 그들에게서 앗아가는 것에 개의치 않았으며, 머리를 삭발하고 그들에게 가해졌던 여러 일 이외에 궁궐에서도 쫓겨났습니다.

그리고 무엇보다 말씀드린 줄리아는 가장 의연했습니다. 비록 황제가 많은 은혜를 그녀에 베풀었다고 말들 하지만, 교인임이 밝혀지자 궁궐에서 쫓아내어 오시마(大島)라고 불리는 섬으로 귀양을 보냈습니다. 그들이 그녀에게 제안했던 좋은 조건의 약속에도 불구하고, 신앙을 버리고 황제의 뜻에 따르는 대신, 그 선한 여인은 하느님의 종으로서 또한 굳은 신념을 가진 사람으로서 비난을 감수하고 삭발을 하면서 궁궐에서 쫓겨난 것입니다.

황제가 그녀에게 제안했던 '좋은 조건의 약속'이란 무엇이었을까? 아마도 더 많은 재산, 더 높은 지위, 더 큰 혜택이었을 것이다. 그러기 위해서는 우선 줄리아가 자신의 신앙을 버려야 했다. 그러나 오

타 줄리아는 신앙을 버리지 않을 뿐만 아니라 왕의 명령까지 노골적
으로 거부하였고, 도쿠가와 이에야스는 하는 수 없이 그녀를 처벌하
지 않을 수 없게 되었다.

14

은총恩寵

> 그녀는 아직도 몇 명의 어부들이 가난에 허덕이며
> 황폐하고 빈곤하게 지내는 섬에 살고 있습니다.
> 화려함이 부족하지 않았던 일본의 왕궁에서도
> 권능의 빛을 발했던 밝고 화사한 그녀가
> 이 같은 섬으로 쫓겨났습니다.
>
> _ 스페인 상인 히론의 보고서 중에서

도쿠가와 이에야스는 오타 줄리아에게 고도(孤島) 유배의 형벌을 내렸다. 유배지는 오시마(大島)로 정해졌고, 호송은 스루가(駿河) 시(市)의 영주에게 맡겼다. 그녀가 유배지를 향해 출발하던 당시의 상황을 꼬우로스(Mateo de Couros) 신부는 이렇게 기록하고 있다.

쿠보(公方)는 그녀의 동료들이 요청했던 처형의 이유가 될 만한 단서를 줄리아의 생활에서 찾지 못하자, 작년(1612) 4월 20일 스루가(駿河) 시의 영주에게 보내어 그로 하여금 이즈(伊豆) 영지의 남쪽에 있으며 스루가와 동쪽으로 경계하고 있는 오시마(大島)라고 불리는 섬에 귀양을 보내게 하였습니다.

줄리아는 이를 우리의 주님이 자신에게 베푸신 따뜻한 손길이라고 생각하고 이 같은 판결을 기쁜 마음으로 들었으며 비록 하인들까지도 포함된 모든 것을 빼앗겼지만, 성상과 묵주와 교인들이 사용하는 다른 물건들은 가져가게 했으므로 매우 부유하게 간다고 생각했습니다.

모든 하인들을 잃었음에도 불구하고 교인들은 그들이 딸려 보낼 하녀 하나가 그녀와 동행할 수 있도록 하는 허락을 영주에게 받아내었습니다.

이 기록에서도 오타 줄리아가 상당한 지위와 재산은 물론 많은 하인들을 거느리고 있었음을 확인할 수 있다. 줄리아는 이 모든 것을 일순간에 빼앗기고 유배를 떠나게 된 것인데, 이를 하느님의 '은총'이라고 여겼다. 그렇게 유배지로 떠나게 된 그녀를 위해 교인들이 나서서 영주를 설득했다. 하녀 한 사람만 같이 가게 해달라는 부탁이었다. 스루가 시의 영주는 이 부탁을 들어주었다. 오타 줄리아가 유배형에 처해진 죄인이긴 하지만 그녀에게 어떤 문제도 생겨서는 안 된다는 것을 잘 알고 있었기 때문이다. 말하자면 고이고이 모셔두고 있다가 주군이 다시 소환할 때를 기다려야 했고, 그러자면 몸종 하나쯤 딸려 보내는 게 더 나을 수도 있겠다는 판단을 했던 것이다. 그러나 오타 줄리아는 일신의 평안이나 세속적인 편안함을 원하는 여인이 아니었다. 꼬우로스 신부의 계속되는 편지를 좀 더 읽어

보자.

스루가에서 귀양 가는 배를 타야 할 아지로(網代)라 불리는 이즈 영지의 한 마을까지는 포르투갈식으로 15레구아(1레구아=5.5km)인데, 그곳까지 그녀를 감시할 경비병들이 붙어 가마에 실려 보내졌습니다. 그녀가 가던 길은 험하고 돌이 많았습니다. 이를 보자 그녀는 (…) 가마에서 내려 걸어가게 해줄 것을 감시병들에게 부탁하였습니다.

마침내 그녀는 맨발로 기쁨에 가득 차서 걷기 시작했으며, 배를 타는 곳까지 자신을 따르던 한 교인에게 "우리 주 예수그리스도가 십자가를 등에 지고 골고다 언덕으로 가실 때 가마나 수레를 타지 않으셨으며 신발도 신지 않고 많은 피를 흘리며 가셨으므로, 주님의 종인 나도 이 길에서 주님의 고행을 겪어보고 싶다"고 말했습니다.

어릴 적부터 세심한 배려를 받으며 자랐고, 길은 매우 거칠어서, 그녀의 발에선 많은 피가 흐르고 깊은 상처를 입었기 때문에 그녀는 열정의 힘을 내었지만 결국 한 걸음도 내디딜 수 없게 되었습니다. 그래서 그녀를 호송하던 감시병들은 그녀가 상처를 입고 피 흘리는 것을 보자 이후에 이 같은 일로 불행을 당하지 않을까 걱정하면서 거의 강제로 가마에 다시 오르게 하였습니다. 왜냐하면 스루가 시의 영주 집에서, 왕이 다시 그녀를 궁궐로 불러들일 것이라는 말을 들었기 때문이었습니다.

어떤 면에서 오타 줄리아의 유배 길은 상당히 특별했다. 우선 그녀를 돌봐줄 하녀 한 명이 동행하였고, 다른 신자들도 항구까지 그녀를 전송하기 위해 동행하고 있었다. 포박된 죄인이 수레 위에 짐짝처럼 실려가는 장면에 익숙한 우리에게는 낯선 모습이 아닐 수 없다. 게다가 줄리아는 가마를 타고 갔다. 경비병 외에 가마꾼도 있었다는 얘기다. 이에야스의 특별한 명령이 있지 않고는 상상하기 어려운 일이다. 이런 사정을 경비병들도 잘 알고 있었다. 자기들이 사는 영지에서 왕이 곧 그녀를 다시 부를 것이라는 얘기를 들었기 때문이라고 했다.

이처럼 특별한 귀양길은 오타 줄리아 자신의 선택에 의해 더욱 특별한 의미를 띠게 된다. 처형되기 위해 골고다 언덕으로 향하던 예수의 고행을 그녀 역시 똑같이 재현한 것이다. 곱게 자라 여리디 여린 맨발로 자갈길을 걸었으니 당연히 피가 나고 나중에는 지쳐 쓰러졌다. 어떤 변고도 생겨서는 안 된다는 지엄한 명령을 받은 경비병들이 놀라 반강제로 그녀를 다시 가마에 태운 뒤에야 행렬은 다시 바다를 향해 나아갈 수 있었을 것이다.

이 장면에서는 줄리아의 영성을 가감 없이 들여다볼 수 있다. 영성의 완숙은 없다. 그러나 믿음의 절정은 있다. 그리스도의 손길이 그녀를 잡고 있음이다. 그녀와 같은 그리스도인들이 같은 시간 다른 장소에서 화형을 당하거나 참수를 당하고 있었다. 아마도 그녀는 발에 피를 흘리면서 그리스도와 함께하는 그들을 위해서 기도했을 것이다.

그렇게 피 흘리며 도착한 항구가 아지로(綱代)였다. 거기서 배를 기다리는 잠깐 사이에 오타 줄리아는 순찰사 신부에게 편지를 썼다. 길지 않은 편지에서 오타 줄리아는 이렇게 적었다.

아지로 항 : 오타 줄리아가 유배를 떠나면서 배를 탄 곳이다.

요 며칠간 일어난 일을 회상해 볼 때 주님은 크나큰 은총을 제게 주셨습니다. 저는 한 섬에 귀양 가도록 하는 판결을 받았습니다. 신의 섭리란 정말 헤아릴 수 없는 것인가 봅니다. 주님께 이전에 어떠한 봉사도 하지 못했는데 이렇게 뚜렷한 은총을 주심에 크게 감사하며 주어지는 어떠한 일이나 슬픔도 감수할 준비가 되어있습니다.

그러니 신부님은 저 때문에 슬퍼하지 마십시오. 단지 신부님이 집전하시는 미사와 기도에서 주님께 저를 저버리지 않도록 기도해 주시기만을 부탁드립니다. 그리고 신부님의 편지로 제게 힘을 주십시오. 제가 가는 섬에는 종종 배달부가 올 기회가 있다고 합니다. 승선을 재촉하기 때문에 더 길게 쓰지 못합니다.

음력 3월 26일.

아지로의 항구에서는 당연히 눈물의 작별이 진행되었다. 그녀의 신심을 잘 알고 있고, 현실적인 도움도 적지 않게 받았던 교인들이 그녀의 유배 길에 동행하고 있었다. 그러나 함께 배를 탈 수는 없었으므로 동행은 거기까지만이었다. 이 항구에서의 상황을 꼬우로스 신부는 이렇게 적고 있다.

배를 타기 전에 몇몇 교인들과 눈물을 흘리며 자신에게 귀양에서 가장 슬픈 일은 고해를 하거나 미사에 참례할 수 없음이며, 귀양 가기 때문에 순교의 길에서 우리 주께 생명을 바칠 수 있는 희망을 잃는다고 말하면서 작별하였습니다. 그러나 신부로부터 교리를 배웠던 한 교인이, 신앙으로 인한 귀양도 순교의 길이며, 만일 그곳에서 죽게 된다면 진정한 순교자가 되는 것이고, 그 같은 순교의 증거로 칼에 의해 피 흘리지 않고 신앙으로 인한 귀양에서 죽어간 많은 순교자들의 축일을 기린다는 말을 하자, 그 같은 이야기에 감사하고 평소에 보이지 않던 기쁨을 표하며 그곳에서 그 교인을 통해 기쁜 소식을 전해 준 신부에게 즉시 감사의 글을 썼습니다. 그리고 그 교인과 스루가의 저희 집에 있는 다른 사람들과도 작별을 나누었습니다.

그렇게 교인들과 작별한 오타 줄리아는 마침내 배에 실려 오시마(大島)로 갔다. 다시 꼬우로스 신부가 예수회 총장신부에게 보낸 서한의 해당 구절이다.

아지로에서 20레구아가 되는 오시마(大島)에 줄리아는 무사히 도착하였

이즈제도의 섬들과 오타 줄리아의
유배 행로

습니다. 그러나 그녀가 그곳에서 30일쯤 머물렀을 때 아직도 가까이 있
다고 생각한 쿠보(公方)는 바다로 50레구아 더 떨어져 있는 니지마(新島)로
다시 보냈습니다. 그곳에는 궁궐의 다른 여인들이 귀양살이를 하고 있
었습니다. 줄리아는 그녀들을 알고 있었으므로 큰 위안과 평온함을 얻
을 수 있었습니다.

그러나 보다 큰 은총을 베풀고자 하신 주님께서는 그곳에서 15일 머물
게 한 뒤, 가난하고 궁핍한 어부들의 작은 초가집 10여 채 정도밖에 없
으며, 천하의 주인이 먹을 것이나 생필품을 전혀 주지 않아서 인간의 삶
을 영위하기 위해 필요한 도구나 편의시설이 부족한, 바다로 6레구아 더
떨어져 있는 고즈시마(神津島)라고 불리는 조그마한 섬으로 그녀를 보냈
습니다.

이 보고서에 따르면 오타 줄리아는 애초의 유배지인 오시마(大島)

에서 한 달가량을 머물렀다. 그 사이에 '이제라도 배교하고 측실이 되면 풀어주겠다'는 이에야스의 전갈이 왔다. 줄리아는 거절했다. 그 랬더니 즉시 훨씬 더 멀리 떨어진 니지마(新島)로 옮기라 했다. 그리 고 이번에는 겨우 보름 만에 다시 전갈이 왔다. 전과 같은 얘기였기 에 줄리아도 전과 같이 거절했다.

니지마에서의 그 짧은 보름 동안, 오타 줄리아에겐 잠깐도 쉴 틈 이 없었다. 그곳에 있는 환자들을 치료해 주기 바빴던 것이다. 그리 고 유배 온 시녀들에게 천주교 교리를 가르쳤다. 잠깐 머물렀지만 주 민들은 그녀가 떠나는 것을 아쉬워했다.

니지마를 떠난 줄리아는 다시 최종 유배지인 고즈시마(神津島)로 보내졌다. 돌아올 수 없는 영구 유배가 결정된 것이었다. 일본 도쿄 도에서 남쪽으로 약 178㎞ 떨어진, 태평양에 있는 작은 섬이다. 지금 도 여객선을 타면 밤새 달려야 도착할 수 있는 아주 먼 곳이다. 오타 줄리아 유배 당시의 교통편을 생각할 때 하루 이틀에 닿을 수 있는 섬이 아니었다.

꼬우로스 신부는 이 섬이 멀고 작을 뿐만 아니라 사람이 정상적 인 생활을 하기 어려운 곳이라고 전한다. 가난하고 궁핍한 어부들의 초가집 10여 채가 있을 뿐이고, 왕은 이곳에 필요한 어떤 식량이나 물자도 지원하지 않는다고 했다. 생필품조차 구할 수 없는 절해고도 라는 얘기다. 이 작고 외로운 섬에서 오타 줄리아는 어떻게 살았을 까? 꼬우로스 신부의 편지를 좀 더 읽어 보자.

그러한 가난과 핍박 속에서도 그녀는 궁궐에서 살던 때보다도 더욱 풍요함을 느끼고, 과거에 그녀의 속세 왕보다 천상의 주님께 더 많은 사랑을 느끼고 있어서, 그리스도의 헌신적인 종인 그녀는 괴로워하지 않았습니다. 그리고 세인과의 친교나 대화로부터 멀리 떨어져 있을수록 우리 주님과의 대화에 더 열정적으로 자신을 바치게 되었습니다. 이 같은 사실은 그녀에게 좋은 기회가 주어졌을 때 스루가(駿河)의 신부에게 쓴 편지에서 잘 볼 수 있습니다.

편지에서 그녀는 사도들, 순교자들 그리고 성녀들의 전기를 적은 책과 모래시계 하나, 작은 종과 미사용 초 두 개를 부탁하며 교인들과 예수회의 상태에 대한 소식 그리고 박해가 계속되는지 알려달라고 적었습니다. 또한 귀양살이에서 가장 가슴 아픈 일은 고해할 수 없고 영성체를 받거나 미사에 참례할 수 없는 일이라고 덧붙였으며, 자신은 매일의 묵상에서 귀양 와 있는 이 작은 섬이 우리 주이신 그리스도의 발밑에 자신의 생을 마칠 골고다 언덕이라고 생각하고 있으며, 묵상이 끝난 뒤 주님께 용서를 빌면서 자신의 죄와 부족함을 살피고 있고, 우리 주 그리스도의 성스러운 고뇌의 몇몇 일화를 자신의 영혼의 큰 위안과 힘으로 생각하면서, 자신이 직접 미사에 참례하고 있다고 상상한다고 썼습니다.

고즈시마에서의 생활에 대해서는 스페인 상인 베르나르디노 데 아빌라 히론(Bernasdino de Avila Giron)도 기록을 남겼다. 그가 1615년 나가사키에서 보낸 편지의 내용이다. 줄리아가 고즈시마에 유배된 지 3년 정도 지났을 시점이다.

천주교 신자이기에 귀양에 처해진 용감한 줄리아에 대해서 네 마디만 하겠습니다. 그녀는 아직도 몇 명의 어부들이 가난에 허덕이며 황폐하고 빈곤하게 지내는 섬에 살고 있습니다. 화려함이 부족하지 않았던 일본의 왕궁에서도 권능의 빛을 발했던 밝고 화사한 그녀가 이 같은 섬으로 쫓겨났습니다.

왕궁에서 입던 기모노는 자신이 가게 될 황폐한 곳에선 필요치 않다고 생각하여 갖고 가지 않고, 배에 오르기 전에 그녀가 잘 알았던 가난한 사람들에게 나누어 주었습니다.

몸종 한 명을 데려갔는데 그녀는 임신 중에 있었기 때문에 줄리아는 아무런 도움을 받지 못했고, 그녀는 그곳 섬에서 아이를 낳게 되었습니다. 땔감을 구하기 위하여 몸종으로 하여금 산에 가서 나무를 해오도록 하였고 줄리아는 낳은 아이를 돌보아 주었습니다. 산은 멀었고, 몸종은 줄리아와 함께 궁중에서 생활했기 때문에 해 질 무렵이 되어서야 겨우 나무 몇 토막을 가져오곤 하였습니다. 줄리아는 둘이 마실 물을 길어 와야 했는데, 물을 긷는 장소는 멀었고 또 물을 떠올 그릇은 작은 것밖에 없었기 때문에 초라한 오두막에 이르렀을 때 그릇에 물은 조금만 남아있었고 옷은 다 젖어있었다고 합니다.

그리고 힘든 일과 궁핍한 생활을 하면서도 그녀는 주님이 자신에게 삶의 의욕을 주시기 때문에 주님의 사랑을 받지 못하는 것보다 그런 일을 해도 기쁘고 행복하다고 합니다.

폭군의 법은 그녀에게 이제는 미치지 못하지만 그녀의 집에서 살던 천주교 신자들은 더욱 심한 박해를 당한다고 합니다.

제2부 흔적을 찾아서

스페인 출신의 상인이 쓴 이 편지에서는 몇 가지 새로운 정보들을 얻을 수 있다.

첫째, '권능의 빛을 발하고'라는 표현에서 줄리아가 화려한 궁중 생활의 혜택을 누렸으며 상당한 권능을 가진 직(職)에 있으면서 평소 정장인 '기모노'를 입고 지냈음을 알 수 있다.

둘째, 그녀를 수행한 몸종은 그녀와 함께 궁중에서 살던 여인이었다. 그런데 임신을 했다. 그야말로 죽을죄를 지은 죄인이다. 참수 대신 줄리아를 수행하라는 명을 받았을 것이고, 마지못해 따라나서야 했다.

셋째, 두 여인 모두 생활력 자체가 강한 것은 아니었다. 몸종은 종일 나가서 나뭇가지 몇 개 주워오는 정도였고, 줄리아는 물동이를 제대로 일 줄 몰라 온몸에 물을 쏟았다. 몸종 역시 궁중에서는 허드렛일을 하던 여인이 아니었던 모양이다.

넷째, 몸종이 낳은 아이를 키우는 건 줄리아의 몫이 되었다. 몸종의 도움은커녕 몸종과 그 아이가 짐이 된 상황이다. 그럼에도 줄리아는 즐겁고 늠름하게 유배 생활을 이어갔다.

다섯째, 물이 귀하지 않은 고즈시마에서 샘이 멀었다면 줄리아의 거처는 상당히 외진 곳이었을 것으로 추정된다. 나무를 할 수 있는 산도 멀다고 했다.

이처럼 이전과는 180도 달라진 신분과 여건에도 불구하고 '용감한' 오타 줄리아는 천주가 주시는 삶의 의욕에 기대어 궁핍과 고통을 이겨 나갔던 것이다.

이곳의 일에 대해 전혀 신경 쓰지 마시기 바랍니다.
이곳은 하느님의 뜻을 실현하면서 그를 섬기기에 적당합니다.
저에 대한 걱정은 하지 마십시오.
_ 오타 줄리아의 편지 중에서

고즈시마의 순박한 원주민들은 처음엔 그녀에게 가까이 다가오려고
도 하지 않았다. 단순한 죄인을 대하는 것 같지 않은 관리들의 태도
로 보아 그녀에게 잘못 접근했다가는 나중에 어떤 화를 당할지 몰라
서였다. 그런 원주민들과 오타 줄리아가 가까워진 것 역시 그녀의 의
술 덕분이었다. 병을 치료해 주기 시작하면서 주민들은 차차 마음을
열었다. 그러자 그들과 함께하는 오타 줄리아의 새 삶이 시작되었다.

　고즈시마에서 오타 줄리아가 어떤 생활을 했는지는 앞에서도 살
펴본 바 있다. 그런데 귀하게도 그녀 자신이 직접 남긴 기록도 있다.

　1613년 12월, 오타 줄리아가 고즈시마에서 그녀의 세례 신부인 예

수회의 베드로 모레홍(Petro Morejon) 신부에게 보낸 편지다. 오타 줄리아가 쓴 편지의 원본은 전하지 않고, 모레홍 신부가 로마자로 옮겨 적은 사본이 전한다.

모레홍 신부는 필사한 편지 서두에 라틴어로 '황제의 궁정에서 매우 좋은 대접을 받았지만, 신앙으로 인해 무인도에 가까운 섬으로 추방된 줄리아'라고 적고 있다. 편지의 발신자를 그렇게 소개한 것이다. 오타 줄리아가 썼다는 편지의 내용은 이렇다.

당신의 편지를 받고 정말 기뻤습니다. 공경하는 마음으로 몇 자 적으려고 합니다.

신부님이 처한 상황이 더욱 악화되는 것이 아닐까 하루 종일 걱정하며 보냈습니다. 성탄절이 곧 다가오고 저는 그 지역에 계신 신부님들의 처지에 대해 특별히 두려운 마음을 가지고 있습니다. 비록 저는 죄 많은 여인에 지나지 않지만 늘 교회의 처지와 번영을 위해 기도하고 있습니다. 저를 위해서도 천주님께 기도하여 주시기를 삼가 간청 드립니다.

6월경에 편지를 드렸는데 받아 보셨는지요? 만일 신부님이 그 편지에서 제가 요청한 것들을 구하실 수 있으시다면 그것들을 오카다 마리아에게 보내주시면 감사하겠습니다. 그곳에서 누군가가 이곳으로 올 수 있는 기회가 곧 있을 것입니다. 마리아도 함께 이 섬에 올 수 있기를 진심으로 바라고 있습니다.

앞서의 또 다른 편지에서 저에게 사람을 보내주시기를 부탁드렸는데, 이제 더 이상 필요치 않게 되었습니다. 모든 일이 하느님의 뜻에 따라 이루어지기를 바랍니다. 모든 일이 교회에 좋게 일어나리라 생각됩니다.

이곳의 일에 대해 전혀 신경 쓰지 마시기 바랍니다. 이곳은 하느님의 뜻을 실현하면서 그를 섬기기에 적당합니다. 저에 대한 걱정은 하지 마십시오.

저의 유일한 바램은 제가 살아 있는 동안 고해를 하는 것입니다. 제발 저의 안부를 모든 신부님들께 꼭 전해주시기 바랍니다. 그리고 저를 위해서 기도해 주시기 바랍니다.

머나먼 절해고도에 유배된 처지임에도 교회와 신부 및 신자들을 걱정하는 오타 줄리아의 신심이 잘 드러나 있다. 사람을 보낼 필요가 없어졌다는 말에서는 척박한 환경이지만 스스로 생존할 방도를 찾아낸 늠름한 모습도 확인할 수 있다. 줄리아는 섬에서 사람들을 치료하고, 그들에게 문자를 가르치고, 천주님의 말씀을 전하면서 생활했다. 비록 작고 가난한 섬이지만, 당시의 시대 상황을 감안할 때 그곳은 실제로 줄리아에게는 가장 복된 땅이었는지도 몰랐다.

후회後悔

사람의 일생은 무거운 짐을 지고 먼 길을 가는 것과 같다.
서두를 필요 없다.
인내는 무사장구(無事長久)의 근원이요,
분노는 적이라 생각하라.
_ 도쿠가와 이에야스의 유훈 중에서

1616년 1월, 슨푸성 근교로 매사냥을 나갔던 이에야스는 돈까스와 도미 튀김을 먹은 후 그날 밤 복통을 일으키며 중태에 빠졌다. 이후 3개월 동안 이에야스의 건강 상태는 좋아졌다 나빠졌다를 반복했다. 그러다 결국 4월 17일에 73세를 일기로 눈을 감았다.

눈을 감기 전, 이에야스는 가쁜 숨을 몰아쉬며 줄리아를 찾았다. 이에야스는 우도성에서 그녀를 불러올린 때(1600년)로부터 10년 넘게 자신의 건강을 살피기 위해 항상 줄리아를 가까이 두었었다. 심지어 사냥을 갈 때나 휴양을 갈 때도 그랬다. 이전부터 지병에 시달리던 이에야스가 노익장을 과시할 정도로 건강을 회복한 것은 다 그녀 덕분이었다. 그런데 막상 임종이 가까운 지금, 그녀가 곁에 없는 것이다.

이에야스가 자신의 건강을 돌봐주던 줄리아가 천주교인이라는 것을 알고도 그녀를 죽이지 않고 먼 고도로 유배를 보낸 것은 자신의 권력에 꺾여 결국은 그녀가 다시 돌아올 것으로 여겼기 때문이다. 자신은 아들을 죽이면서까지 지금 이 자리에 올라와 있는데, 그깟 신앙을 버리는 건 쉬운 일일 거라 여겼다. 그러나 끝내 그가 기다리던 일은 일어나지 않았다.

의관이 자신의 병을 다스리지 못한다는 것을 깨닫고 뒤늦게 줄리아를 급히 데려오라 명했지만, 그녀는 며칠이 지나도 오지 않고 있었다.

"아직 오지 않았는가?"

천하를 움켜쥔 대 권력자답지 않게 기어들어가는 목소리였다. 가신들은 풍랑이 일어 그녀를 데리러 간 배가 아예 바다로 나가지 못하고 있다고는 차마 아뢰지 못했다.

"바람이 부는 게지……."

그는 자기 귓전에 울리는 바람 소리를 듣고 있었다. 실은 그녀를 절해고도에 보내고 나서도 가슴이 저려 가신에게 물은 적이 있었다.

"바람이 많이 부는 곳인가?"

역사가들은 그의 정치적 유언만을 기록했다. 그러나 죽음을 앞둔 자에게 무슨 정치적 유언이 필요했을까? 자신의 생명을 연장시켜 줄 그녀의 귀환만을 간절히 고대했을 터이다. 그러나 그녀는 오지 않고 있었다. 아니 폭풍우가 멈추지 않아 배를 띄울 수 없었다.

한편, 줄리아는 고즈시마에서 4년째 유배 생활을 보내고 있었다. 비탈을 개간한 밭에 약초도 심었고, 주민들에게 부탁해서 얻은 과일나무도 열매를 맺을 만큼 자랐다.

그날은 유난히 심한 바람이 불었다. 어느 때 같으면 한 사흘이면 그칠 바람이 그칠 기미를 보이지 않았다. 배는 고사하고 파도가 언덕에 있는 초가를 집어삼킬 것 같았다. 그러는 동안 줄리아는 기도할 수 있었다. 바람뿐 아니라 비도 줄기차게 내렸다. 절해고도에 세찬 바람이 불고 폭우가 내리면 그야말로 꼼짝할 수 없다.

그렇게 바람이 불고 파도가 몰아친 뒤에는 바다 깊은 곳에서 자라던 해초들이 밀려와 갯바위에 잔뜩 걸리곤 했다. 말리면 한참은 먹을 수 있었다. 그렇게 그칠 것 같지 않던 폭풍우가 그쳐 갯바위에서 해초를 줍고 있던 어느 날, 먼 수평선에서 작은 점이 하나 보였다. 처음엔 구름인가 했는데 점점 더 크게 보였다.

오고쇼(大御所)의 깃발을 단 배가 섬에 접안하고 있었다. 섬 사람들이 모두 모여 접안하는 배를 맞았다. 관리가 배에서 내려 줄리아 앞에 서더니 큰절을 올리고는 오고쇼의 명을 받아 모시러 왔다고 했다.

하녀가 급히 채비를 챙겨주었다. 채비라 해야 보따리 하나였다. 급히 부르니 볼일이 끝나면 다시 돌아와야 할 것이었다. 동풍이 불어 뱃길이 쉬웠다.

줄리아가 슨푸성에 닿았을 때는 이에야스가 숨을 거둔 뒤였다. 궁중의 사람들은 모두 자신을 보호하던 오고쇼가 급체로 죽은 일 때문에 자신들의 처지가 어떻게 될지 몰라 서럽게 울었다. 슬픔은 그 다음이었다. 그래서 성을 나서는 줄리아를 본 사람이 아무도 없었다. 바람이 또 불었다. 줄리아는 그 바람 속으로 다시 나섰다.

조선 태생의 줄리아라는 수도자는 신앙심이 깊어 신도단에 참여하며,

항상 믿음 안에서 생활했기 때문에

수차례 집에서 쫓겨났고,

지금은 집 없이 주님의 은총으로 집집마다 돌아다니고 있습니다.

_ 살바네스 신부의 서한 중에서

유배에서 풀려난 1616년 이후, 오타 줄리아는 이곳저곳을 떠돌며 신
앙생활을 계속했다. 교회에 봉사하고 헌신하는 일을 멈추지 않았으
며, 전교에도 열과 성을 다했다. 하지만 천주교 박해는 점점 더 가혹
해졌고, 많은 순교자들이 생겨나는 엄혹한 시절이 계속되었다. 그런
순교자 중에는 오타 줄리아의 제자라고 할 수 있는 여성도 포함되어
있었다. 이 여성의 이야기는 후안 로드리게스 히람(Juan Rodrigues
Giram) 신부가 1620년 초에 무시오 비뗄레치(Muzio Vitelleschi) 예수
회 총장신부에게 보낸 편지에 들어있다.

당시 일본의 통치자이던 나이후(內府)가 자신을 받들던 한국 출생의 오타(大田) 줄리아라는 여인을 신앙문제 때문에 니지마(新島)라는 섬으로 귀양 보낸 지 8년 내지 9년이 되었습니다. 그곳은 다른 이유로 나이리(內裡) 가문의 몇몇 이교 여인들을 이미 귀양 보냈던 곳이었습니다.

줄리아는 이들 중 두 명과 각별한 친교를 맺고 우리의 성스러운 신앙에 대해 조금씩 이야기를 해주었습니다. 이후 그녀들은 줄리아의 모범적인 생활과 그녀로부터 받은 여러 이유로 신앙 갖기를 원할 정도로 흥미를 가졌고, 끊임없이 세례받기를 원했습니다. 그러나 줄리아는 세례의 의식을 몰랐으므로 그녀들의 바램을 들어줄 수 없었습니다.

그럼에도 불구하고 그녀들에게 세례명을 부여해 하나는 막달레나 (Magdalena), 다른 하나는 마리아(Maria)라고 불렀습니다. 이 일로써 그녀들은 교인처럼 처신하고 기도하며 하느님께 의지하였습니다. 그러나 후에 줄리아는 고즈시마(神津島) 섬으로 보내졌습니다.

그 섬(니지마)의 영주는 막달레나를 좋아했고, 게다가 바라서는 안 될 것을 원하여 여러 부하를 보냈으나, 착실한 세례 입문자인 그녀는 교인이므로 목숨을 바칠지라도 그러한 일을 할 수 없다고 대답하였습니다.

영주는 위협하면서 부하를 계속 보냈으나 그녀가 항상 같은 답으로 일관하자 화가 난 영주는 먼저 코와 귀를 자르고, 후에 머리를 자르라고 명령하였습니다. 스스로 피에 의해 세례받은 그 복된 영혼은 이렇게 놀라운 방법으로 순교의 길을 걷게 해준 주 창조주와 함께하기 위해 떠났습니다.

그런 일 자체가 정말로 희귀하고 어려운 일이었습니다. 나이 어리고 이교도들 사이에서 자랐으며, 교인들과의 교제나 교인들의 모범적인 행동도 보지 못하고, 그 선생(줄리아)으로부터도 떨어져 있는 동안 당한 일이었습니다. 그러나 모든 것을 주의 은총이 보충해 주었습니다.

이 처절한 순교 이야기의 주인공 막달레나가 줄리아와 만난 시점은 8~9년이 되었다고 했다. 줄리아가 유배를 떠나면서 보름 정도 머무른 니지마(新島)에서 만난 여인이다. 그 만남 이후 8~9년 뒤에 막달레나는 순교의 길을 택했다. 세례를 받지 않고도 신앙의 절개를 지킨 여인이었다.

코를 베이고, 귀를 베이고, 나중엔 목까지 베이면서도 자신의 정결을 지킨 막달레나의 소식이 바람을 타고 다다르자, 그녀의 스승인 줄리아는 가슴이 찢어진다. 그 무렵 줄리아도 나가사키에서 오사카로 박해의 칼날을 피해 도망다니는 처지였다.

이 무렵 오타 줄리아의 생활에 대해서는 살바네스(Fray Jose de San Jacinto Salvanes) 신부의 서한에 일부 흔적이 보인다. 1620년 3월 25일 나가사키에서 보낸 서신에서 살바네스 신부는 이렇게 보고했다.

그 무렵 소녀들과 탄원 성가를 부르고 교리를 가르치던 여성 수도자 몇 명을 총독에게 데려왔습니다. 앞으로는 그 같은 일을 하지 말라고 했습니다.

그들 중 조선 태생의 줄리아라는 수도자는 신앙심이 깊어 신도단에 참여하며, 항상 믿음 안에서 생활했기 때문에 수차례 집에서 쫓겨났고, 지금은 집 없이 주님의 은총으로 집집마다 돌아다니고 있습니다.

이처럼 줄리아는 도쿠가와 이에야스의 사망 이후 유배에서는 풀려났으나 여전히 자유롭게 살아갈 수는 없는 처지였다. 소녀들과 성가를 부르고 교리를 가르치다 영주들에게 잡혀가기 일쑤였고, 거주지에서 추방되어 하는 수 없이 이 집 저 집을 떠돌았다. 그러면서도 '항상 믿음 안에서 생활했다'고 한다.

오타 줄리아 처리 문제는 당시의 영주들로서도 다소 머리가 아픈 일이었을 것이다. 그녀를 풀어주라는 오고쇼의 유언을 무시할 수는 없고, 그러자면 그녀에게는 다른 천주교인들과 다른 처분을 내려야 했다. 이런 처사에 불만인 영주들도 많았고, 새로운 쇼군마저 은근히 줄리아의 참수를 기대하는 눈치였다. 하지만 영주들은 오고쇼의 유언을 거역할 수 없었고, 결국 자신의 영지에서 문제가 생기지 않도록 그녀를 다른 곳으로 하루라도 빨리 추방하기에만 급급했다. 궁여지책이었다. 그렇게 쫓겨난 줄리아는 다른 천주교인과 달리 완전히 노출된 신분으로 점점 숨을 곳을 잃어갔다.

이런 오타 줄리아의 사정에 대하여 루이스 메디나 신부는 『한국 천주교 전래의 기원(1566~1784)』에서 이렇게 정리하고 있다.

일본에서의 박해는 천주교도들이 많이 살고 있던 나가사키에서 특히 심했다. 권 비센떼(빈첸시오)는 오타 줄리아가 다른 동료들과 함께 교리를 배우고 성가를 불렀다는 죄목으로 하세가와 곤로쿠(長谷川權六) 영주로부터 재판을 받게 되었다는 소식을 들었다. 아마 줄리아는 고즈시마 유배에서 이에야스가 죽은 1616년에 풀려나 천주교 영지인 나가사키로 옮겨 왔을 것이다. 재판은 1619년 6월에 있었다. 그러나 그 이전에도 영주들과 사이에 갈등이 생겨 여러 차례 추방되곤 했었다. 1620년 3월에도 주님의 은총과 형제들의 도움을 받으며 떠돌이 생활을 해야 했다. 오사카에서는 관구장인 프란시스코 파체코(Francisco Pacheco) 신부가 그녀를 보살펴 주었다. 이 사실은 1622년 2월 15일자 파체코 신부의 편지에 나와 있다.

이 기록에 등장하는 권 비센떼(빈첸시오) 수사와 가이오 수사, 그리고 오타 줄리아의 세 성조(聖祖)들은 같은 시대에 살았고, 조선에서 왜국으로 끌려갔다는 공통점이 있다. 이 글에 따르면, 권 비센떼는 줄리아와 같은 지역에서 움직이지는 않았지만, 같은 그리스도인으로서 서로의 활동을 파악하고 있었음을 알 수 있다. 다른 자료에서도 이 세 성조들의 이야기를 거론하면서, 한국천주교의 시작을 설명하고 있다.

한편, 앞의 인용문에 등장하는 파체코 신부의 편지에 들어있다는 오타 줄리아 관련 내용은 이렇다. 긴 서한의 말미에 붙은 주석에서 파체코 신부는 이렇게 말한다.

한국인 오타 줄리아는 신앙으로 인하여 박해를 받고 지금은 오사카(大阪)에 있습니다. 저는 그녀를 도와왔고 지금도 제 힘이 닿는 대로 돕고 있습니다.

이처럼 해배 이후 나가사키(1619년)나 오사카(1620년)에서 줄리아

오타 줄리아 현창비 : 고즈시마 광장 앞
에 주민들이 세운 비석이다.

를 보거나 만났다는 기록이 분명히 존재한다. 하지만 여기까지다.
그 이후, 그러니까 1620년 이후 오타 줄리아의 행적에 관한 기록은
찾을 수가 없다.

이처럼 종적이 묘연해지면서 오늘날 논란거리가 하나 생겼다. 사
망한 해가 언제인지 알 수 없다는 문제는 차치하더라도, 고즈시마
(神津島)에 있는 '줄리아의 무덤'이 정말로 줄리아의 것일 수 있는
가 하는 문제가 제기된 것이다. 오사카나 나가사키에서 그녀를 보
았다는 증언들을 믿지 못할 이유가 없고, 그렇다면 줄리아의 무덤
이 고즈시마에 생길 이유가 전혀 없다는 것이다. 고즈시마 사람들이
400년 가까이 줄리아의 무덤이라고 믿으며 무병장수와 치유를 빌던
그 무덤이, 사실은 줄리아의 무덤이 아니라는 얘기가 된다. 오타 줄
리아의 유적에 대해 그 존재를 기대하는 섬 주민들과 다른 많은 사
람들의 입장에서는 실로 안타까운 노릇이 아닐 수 없다.

제2부 흔적을 찾아서

이처럼 고즈시마에 있는 무덤의 주인에 대해 학계는 의문시하고 있지만, 섬 주민들과 일본의 많은 천주교인들은 여전히 해마다 그 앞에 모여 오타 줄리아를 기리는 제를 열고 있다.

잠복潛伏

평생을 독신으로 절조를 지키며 독실한 신앙과 덕행을 쌓았던 까닭에
오시마 섬과 고즈시마 섬의 수호성인으로 받들어진다.
고즈시마 섬에서는 1970년부터 매년 5월에
그 공덕을 기리는 줄리아제가 열린다.

_《두산백과》의 〈오타 줄리아〉 항목 중에서

이로써 오타 줄리아의 삶에 대한 이야기를 마치려 한다. 구할 수 있
는 범위 안에서 자료들을 모아 정리했고, 기록이 성근 부분에서는
소설적 묘사도 가미했다. 이렇게 정리한 오타 줄리아는 누구였던가?

줄리아는 임진왜란이라는 참화 속에서 왜군에게 잡혀간 조선 소
녀였다. 참혹하고 안타깝지만 이 당시의 전쟁 포로는 10만이 넘었다.
그중에는 오타 줄리아와 비슷한 또래의 소녀들도 적지 않았을 것이
다. 말하자면 여기까지는 특별한 이야기가 아니다.

그녀를 포로로 잡아간 왜장 고니시 유키나가는 크리스천 다이묘

(大名)였다. 그 어머니(막달레나)와 부인(쥬스타)도 기독교인이고, 그 딸도 기독교인이었다. 고니시 가(家)는 본래 상인이자 조선과의 약재 무역에 종사하던 집안이었다. 유키나가의 딸이 조선과 막부 사이에서 연락책을 담당하던 대마도주와 결혼한 것은 우연이 아니었다. 유키나가는 조선말도 할 줄 아는 왜장이었다. 그런 집안 분위기에 천주교의 교리가 더해져서 오타 줄리아는 다른 왜장들에게 끌려간 여느 조선인 소녀들보다는 훨씬 자유롭고 인간다운 삶을 살 수 있었을 것이다. 그러기에 천주교도 만났고 신앙의 뿌리를 다질 수 있었다. 하지만 그녀는 조선에서 온 포로일 뿐이고, 크리스천 다이묘라고 모든 조선 출신 소녀들을 딸처럼 돌본 것은 아니었다.

오타 줄리아가 고니시 유키나가의 우도성에서부터 남다른 지위를 누리고 남다른 대우를 받을 수 있었던 것은 우선 그녀가 여느 소녀들과는 달랐기 때문이라고 보아야 한다. 필자는 그녀가 조선에서 이미 한문과 의술을 익힌 상당한 의술 전문가였기 때문이라고 보았다.

크리스천 다이묘의 가문에서 오타 줄리아는 세례를 받고 정식으로 천주교 신자가 되었다. 자신을 붙잡아온, 미워할 수도 없고 사랑할 수도 없는 가짜 아버지 고니시 유키나가 대신, 죽는 날까지 섬길 진짜 아버지가 생긴 것이었다. 어머니 역할은 모자란 대로 유키나가의 부인 쥬스타가 맡고 있었다. 하지만 불행히도 그녀의 순탄한 삶은 거기까지였다.

고니시 유키나가가 숙적과의 전쟁에 패해 처형되었고, 그 부인과 자식과 가신들은 하나같이 박해와 멸시 속에서 죽어 나가거나 숨어 지내거나 변절을 선택해야 했다. 만약 오타 줄리아가 새로운 절대권력이 된 도쿠가와 이에야스의 궁으로 옮겨가지 않았더라면, 그녀 역시 쥬스타 부인과 더불어 평생을 도피자로 지내거나 낯선 풀숲에서 아무도 모르게 불행한 한 생을 마감했을지도 모른다. 그러나 다행스럽게도 그녀는 의술의 도움을 얻어 자기 인생의 이 두 번째 위기에서도 벗어날 수 있었다.

그렇게 도쿠가와 이에야스의 궁으로 옮긴 오타 줄리아는 거기서도 변함없이 신실한 천주교인의 삶을 살았다. 할 수 있는 한 미사에 참여하고, 부지런히 고해성사를 하고, 성체배령을 하고, 성 안의 처소에 몰래 기도단을 만들어두고 밤이 새는 줄도 모르고 기도했다. 그녀의 삶은 누가 보더라도 모범적이고 성스러운 것이었다. 스스로의 신앙만 지킨 것도 아니다. 교회를 위해 재물을 희사하고, 신부님들을 위해 양자들을 봉헌하고, 가난한 신도들을 위해 아낌없이 물질을 베풀었다. 또 박해의 기운이 고조되는 이에야스의 성에 살면서도 이교도들에게 복음을 전파하고, 신부들의 전교 사업에 도움이 될만한 정보들을 모아 몰래 교회에 전달했다. 자신이 가진 모든 재능과 기회를 최대한 활용하여 하느님의 사업에 사용한 것이다. 그것은 목숨을 걸지 않으면 불가능한 일이었다. 그녀의 신앙은 깊고 성스러울 뿐만 아니라 용감하고 때로는 과감했다. 눈물로 회개하는 동시에 행동으로 선교를 실천하고 도왔다.

오타 줄리아가 이렇게 하느님의 사업에 많은 기여를 할 수 있었던 것은 그녀가 이에야스의 궁에서 상당한 직책을 가지고 있던 덕분이었다. 거기서 재물과 정보가 나왔다. 때로는 스스로를 보호할 힘도 나왔고, 때로는 교회를 살릴 방책도 나왔다. 오타 줄리아가 이에야

스의 궁에서 상당한 지위에 있지 않았더라면 모두 불가능했을 일들
이다.

이런 지위와 명예와 부는 기본적으로 그녀가 가진 아주 특별한
재주, 곧 의술에서 나왔다. 그 재주가 도쿠가와를 살리고 자신을 살
렸으며 박해에 내몰린 선교사와 신앙인들을 구해내는 밑거름이 되
었다. 빼어난 미모와 귀부인으로서의 품격, 신앙인으로서의 겸손이
더해짐으로써 그녀는 동지들은 물론 이교도들 사이에서도 가장 존
경받는 여성이 되었다. 도쿠가와마저도 그녀를 탐했다.

하지만 줄리아는 현세의 왕을 위해 하늘의 왕께 불충할 생각이
추호도 없었다. 박해의 칼날이 그녀에게 닥쳤을 때 그녀는 이를 피
하려 하지 않았다. 줄리아는 순교자가 되기를 원했다. 이미 수많은
기독교인들이 박해의 와중에 실제로 순교하고 있었으므로, 줄리아
는 자신이 그 대열에 끼지 못하는 것을 오히려 부끄럽고 애석하게 여
겼다. 그녀가 진실로 원한 것은 세상에서의 부귀영화가 아니라 하느
님의 사업에 동참함으로써 그의 뜻에 복종하는 것뿐이었다. 거기에
목숨이 필요하다면 얼마든지 내어줄 생각이었다. 이미 조선에서 한
번, 우도성에 또 한 번 죽었던 목숨이었다. 그렇게 살아남은 목숨을
하느님이 직접 거두신다면 그만한 기쁨이 없을 터였다.

신을 부정하고 자신의 여자가 되라는 도쿠가와의 명령과 청을 줄
리아는 일거에 거부했다. 감옥에 가두고, 어떤 겁박과 회유를 밤낮
으로 반복해도 그녀의 신앙을 꺾을 수는 없었다. 머리를 삭발하고,
줄리아는 결국 궁에서 쫓겨나 나라 밖의 절해고도로 유배되었다.

세속에서의 부귀영화 대신 하느님과 직접 소통할 시간이 많아졌다는 사실에 줄리아는 기뻤다. 남은 세간과 옷가지 따위를 평소 알고 지내던 교인들에게 남김없이 나누어주었다. 그 섬에서 죽어도 좋았고, 산다고 하더라도 필요치 않은 물건들이었다. 오로지 성상과 성서와 교리서면 족했다.

그렇게 유배지로 끌려가는 동안에도 오타 줄리아의 신앙과 전교에 대한 소신은 추호도 흔들리지 않았다. 보름 남짓 머물던 두 번째 섬에서는 궁에서 함께 지내던 여인들을 만나 주님의 말씀을 전했다. 그렇게 줄리아를 통해 신앙에 입문한 두 여인 가운데 하나는 나중에 정절을 지키기 위해 목숨까지 바쳤다. 귀가 잘리고 코가 잘린 뒤에 머리가 잘리는 지독한 형벌 속에서도 그녀는 의연하게 순교자의 길을 걸었다. 오타 줄리아가 그녀에게 심어준 신심과 그녀에게 삶으로 보여준 모범이 어떤 수준이었는지 짐작할 수 있는 대목이다.

절해고도의 귀양지에서도 오타 줄리아는 본토의 신부 등과 서신을 왕래하며 꿋꿋하고 의연하게 신앙생활을 이어나갔다. 그녀의 유배 생활에서 가장 고통스러운 것은 미사에 직접 참여할 수 없다는 것이었다. 그녀는 혼자 기도하고 혼자 미사를 드렸다. 신부님이 집전하는 미사에 자기가 직접 참여하고 있는 것처럼 상상을 하면서.

섬에서의 생활은 물론 고달팠다. 식량은 고사하고 땔감이나 물조차 구하기 어려웠다. 몸종이라고 딸려온 여인과 그녀가 낳은 젖먹이도 돌봐야 했다. 그럼에도 그녀는 기도와 찬송을 멈추지 않았고, 가난하고 굶주리는 섬사람들을 위해 기꺼이 약초를 기르고 침을 놓아주었다. 글을 가르치는 틈틈이 하느님의 복된 말씀도 전했다.

그렇게 세속을 등지고 오로지 하느님과 함께하는 삶을 살아가던 그녀는 유배에서 풀려나 본토로 돌아온 뒤에도 여전히 용감하고 신실한 신자여서 막부가 금하는 행동들을 주저 없이 해나갔다. 세속의 권력자가 아니라 하늘의 권력자에게만 복종하는 여인이었기 때문이다. 그 바람에 여기저기서 추방되고 집조차 가질 수 없었지만, 그녀는 기꺼이 생명을 위협하는 박해 속에 살아가는 신부나 교우들과 어울렸다. 몰래 모이고 바람처럼 흩어졌다. 그러면서도 하느님의 소식을 세상에 전하기 위해 잠시도 쉬지 않았다.

우리는 그녀가 언제 어디서 눈을 감았는지 알지 못한다. 일본에서의 천주교 박해는 그 뿌리가 뽑힐 때까지 250년이나 지속되었고, 기록을 남겨줄 서양인 선교사들도 점차 사라졌다. 하지만 실제로 기독교의 뿌리가 완전히 뽑힌 것은 아니었다. 신앙인들 가운데 적지 않은 사람들이 지하로 숨어들었고, 이들 잠복(潛伏) 기독교인들은 심지어 불교의 승려 행세를 하면서까지 대를 이어 기독교 신앙을 지켜나갔다. 오타 줄리아는 아마도 그런 사람들과 어울려 살다가, 누구보다도 조용하고 편안한 가운데 주님의 품에 안겼을 것이다.

이 성스럽고 용감한 조선 출신 여인 오타 줄리아의 이야기는 여러 기록 외에 섬사람들의 구전을 통해서도 400년이 지난 지금까지 면면히 전해지고 있다. 그리고 진정한 희생과 용기, 순결한 영혼을 찾아보기가 점점 어려워지는 이 시대에, 다시금 희망을 찾는 사람들 사이에서 오타 줄리아의 이야기가 거듭 부활하고 있다.

마지막으로 안효진 세실리아 수녀의 논문 〈오타 줄리아의 생애와 영성〉 결론 부분을 소개한다.

그녀에게는 하느님을 향한 굳은 사랑의 의지가 있었기에 정결한 생활을 유지하고자 하였으며, 하느님께 의탁한 정결은 오타 줄리아에게 깊은 내적 위로와 평화의 원천이 되었다. 인간적인 사랑도 신앙의 눈으로 보면 사랑으로 결합된 그리스도와 교회의 일치를 표상하는 모상인 만큼 절대로 업신여기지 말아야 할 것이지만, 하느님께 봉헌된 정결은 더 한층 그 일치를 상기시킬뿐더러 모든 인간적 사랑이 도달해야 할 자아 극복을 완성하는 것인데, 오타 줄리아는 이를 정결한 삶으로써 증거했다.

이렇듯 오타 줄리아는 죽음도 불사하는 의지로 자신의 정결을 지키고자 하는 노력을 기울였음을 알 수 있다. 그녀에게 있어 기본적으로 지녔던 하느님의 섭리에 대한 깊은 인식, 고백성사와 성체성사, 그리고 영적 독서와 기도를 통해 견고해진 신앙, 재화를 스스로 교회에 봉헌하는 가난과 나눔의 실천, 하느님을 전하기 위해 애쓰는 선교의 열정들이 결국은 정결이라는 부분으로 집약되게 된다.

오타 줄리아는 스스로 의탁한 정결의 삶을 유지하기 위해 모범적인 천주교인의 삶을 살아냈으며, 이를 바탕으로 고즈시마(神津島)에 유배되고 유배 후에는 집도 없이 떠돌아다니는 가난함을 감수하게 된 것이다. 오타 줄리아의 삶은 하느님 나라를 위해 살아가는 정결의 생활이 인간의 마음을 해방시켜 주며, 사랑의 표지와 자극제가 되며, 세상에 있어서 영적 풍요성의 특수한 원천이 된다는 것을 일깨워 준다. 비록 세상이 언제나 그것을 인정하지 않는다 할지라도 오타 줄리아의 순수하고 거룩한 정결은 그 당시 궁궐에서나 유배지에서나 좋은 영향력을 발휘한 것은 의심할 나위 없는 사실이었다.

마지막으로 유배된 고즈시마에서도 오타 줄리아는 더욱 깊은 하느님과의 일치를 통해 많지 않은 섬 주민들과의 일치를 도모하며 그리스도교 신앙을 실천한다. 도쿠가와 이에야스가 사망한 1616년 이후 고즈시마에서 나와 나가사키(長崎)에 살며 도미니코회가 조직한 신심단체인 성 콘프라디아(Confradia)를 위해 열심히 기도하고 봉사했다. 오타 줄리아의 이와 같은 행적을 미루어 보아 그녀가 하느님의 부르심을 얻기까지 충실한 삶을 살았음을 짐작할 수 있다.

제 2 부

흔적을 찾아서

이 글들은 필자가 《월간조선·조선 pub》에 연재한 칼럼들 가운데 오타
줄리아 및 그녀의 시대와 연관된 이야기만을 추려 묶은 것이다.

오타 줄리아는 왕녀였다?

전쟁이란 무력행사가 따르는 국가 간의 투쟁을 말한다. 지구상에는
이러한 국가 간의 투쟁이 지금 이 순간에도 계속되고 있다. 이 전쟁
에서는 수많은 사람들의 고귀한 생명이 희생되지만, 여성들의 수난
이 참으로 많다. 임진왜란의 경우만 봐도 그렇다. 전쟁의 포화 속에
서 왜군에 잡혀가 일본 땅에서 소리 없이 죽어간 여성들이 이루 헤
아릴 수 없다. 일본의 시코쿠(四國)에는 임진왜란 때 끌려가 한(恨)
많은 삶을 마감한 조선 여인들의 묘지가 특히 많이 남아있다. 소리
없이 산화한 여인들의 삶은 모두가 한 편의 드라마였을 것이다. 그중
에서도 일본의 절해고도 고즈시마(神津島)에 유배되었다가, 그곳에서
생을 마친 천주교의 여인 오타 줄리아의 삶은 참으로 눈물겹다.

오타 줄리아는 임진왜란 때 조선반도의 평양 인근에서 일본에 납치된

조선인 처녀다. 이씨조선 귀족의 딸이라고도 일컬어지고 있으나, 생년월일이나 실명, 가계 등의 상세한 기록은 일체 불명이다. '오타'는 일본 이름이고 '줄리아'는 세례명이다. 고니시(小西)의 양녀가 된 후, 천주교에 귀의하였다. 세키가하라(關ヶ原)의 전투에서 고니시(小西)가 패하여 그 가문이 멸망하였고, 줄리아도 도쿠가와 이에야스(德川家康) 측실의 시녀가 되었다. 미모와 재기가 뛰어났던 그녀는 도쿠가와의 총애를 받았으나, 당시에 국법으로 금지한 천주교를 버리지 않아 고즈시마(神津島)에 유배되었다가 거기서 생을 마쳤다.

이상은 일본 언론인 이토 슌이치(伊藤俊一) 씨가 필자에게 보내온 오타 줄리아 관련 자료를 요약한 내용이다. 이토(伊藤) 씨는 오타 줄리아에 대한 사실적 내용을 비교적 자세하게 조사하여 필자에게 보내주었다. 그는 역사적 근거를 토대로 나름대로 확인을 하였다고 했다.

여자아이라서 운명이 뒤바뀌었을까?
"임진왜란과 민초들의 항쟁, 굶주린 산하를 누비는 의병, 승군의 피 묻은 깃발 아래 피어난 신앙의 꽃 오타 줄리아!"
소설가 표성흠 씨가 각고 끝에 세상에 내놓은 소설이 『오다 쥬리아』다. 이 소설은 역사적 배경을 바탕으로 오타 줄리아의 탄생 비밀에서부터 죽음에 이르기까지의 엉킨 실타래를 풀어내었다.

왕은 산야를 누비고 다니며 짐승을 찾아 나섰고, 어쩌다가 당도한 산골짜기 마을 외딴집에 불이 켜져 있었다. 몸을 녹이려고 들어선 거기서 왕

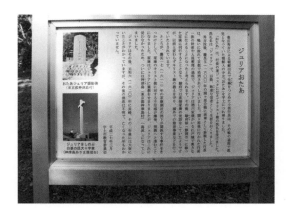

우도성 터에 세워진 오타 줄리아 관련 안내판

은 신방을 차렸다. 그리고는 옥체의 씨앗을 떨어뜨렸다. 떠나면서 왕은 용(龍)이 새겨진 칼 한 자루를 주고 갔다.

여기서 왕은 선조 임금을 말한다. 사내아이가 태어나면 그를 왕으로 옹립하려는 세력들의 음모가 서려 있었다. 세상사는 모두가 자신의 욕심을 채우려는 무리들에 의해서 잘못되어 가는 경우가 많다. 결국, 여자아이가 태어났고, 이름을 기천(후일 오타 줄리아)이라 했다. 기천은 어머니 인선과 함께 산속에서 어려운 삶을 산다. 얼마 후 임진왜란이 터진다. 고니시 유키나가(小西行長)는 아무런 저항도 받지 않고 대동강을 건너 평양성에 입성한다. 소설 속의 스토리다.

실제로 고니시(小西)는 오다 노부나가(織田信長)가 사망한 이후로 히데요시(秀吉)를 섬기면서 아버지 고니시 류사(小西隆佐)와 함께 세토나이 해(海)의 군수물자를 운반하는 총책임자가 되었다. 1588년 히데요시(秀吉)의 신임을 얻어 히고(肥後)국 우도성의 영주가 되었다.

오타 줄리아는 왕녀였다?

1592년 임진왜란 때는 그의 사위인 대마도주 소 요시토시(宗義智)와 함께 1만 8,000명의 병력을 이끌고 제1진으로 부산진성을 공격하였으며 부산포성을 함락하고 동래성을 함락시켰다. 이후 단숨에 대동강까지 진격하였고, 6월 15일에 평양성을 함락하였다. 1593년 명나라 장수 이여송이 이끄는 원군에게 패하여 평양성을 불지르고 한양으로 퇴각했다. 평양성에서 후퇴하는 왜군의 잔당들에 의해 소설 속 기천과 그녀의 어머니가 일본으로 끌려간다.

이들을 붙잡아간 일본 승(僧) '현소'는 이들을 포르투갈 상인들에게 팔아버리려는 생각을 바꾸고 쓰시마(對馬島) 도주 소(宗)에게 맡기면서 "조선의 왕녀들이니 잘 보살펴 드려야 한다"고 부탁한다. 이때 줄리아의 나이는 겨우 다섯 살이었다. 기천은 천주교에 입문하여 그 세례명으로 '오타 줄리아'라는 새 이름으로 개명하였고, 어머니인 인선은 '에스더'라는 이름을 새로 얻었다. 쓰시마 도주 소(宗)의 아내인 '마리아'와 그녀의 친정어머니 '쥬스타'로부터 얻은 세례명이다. '쥬스타'는 조선 침략의 선봉대장인 고니시 유키나가(小西行長)의 부인이다.

참으로 알 수 없는 것이 역사의 아이러니다. 이들 모녀가 조선의 산하를 짓밟은 침략자에 의해서 천주교인으로 다시 태어나게 되었으니 말이다. 정녕 하늘의 뜻이란 말인가. 오타 줄리아는 고니시의 양녀가 되어 어머니와 함께 행복한 나날을 보낸다. 특히, 고니시의 부인과 딸은 이들을 자매처럼 대한다. 그런데 호사다마라고나 할까? 고니시는 도쿠가와 이에야스(德川家康)의 군대와 일전을 벌이다 패하

자 천주교 교리에 따라 할복자살을 거부하며 버티다가 처형당한다. 이 싸움이 유명한 세키가하라(關ヶ原) 전투다.

또 다른 조선 침략자 가토 기요마사(加藤淸正)는 불교 신자다. 그는 고니시(小西)와 라이벌 관계였다. 천주교인을 싫어하는 그는 신자를 모조리 색출하여 가혹한 벌을 내렸다. 때문에 고니시의 집에 머물고 있던 모든 하인과 시녀들은 떨고 있을 수밖에. 세스페데스 신부는 "가토(加藤)의 손에 붙들리기 전에 도쿠가와(德川)가 있는 '미카엘라'에게로 가서 숨어라. 그의 손아귀를 벗어날 곳은 거기 밖에 없다"고 하면서 도쿠가와(德川)의 집으로 가도록 주선했다. 미카엘라는 독실한 천주교인이자 도쿠가와(德川)의 측실이다. 기록에 의하면 도쿠가와는 정실 2명에 측실을 16명이나 두었다고 한다.

훗날, 절해고도로 유배된 오타 줄리아는 모든 것을 잃고 캄캄한 밤길을 호송원들의 손에 이끌려 걷고 있었다. 호송원들조차도 이렇게 순결한 아가씨가 무슨 죄를 지었기에 이토록 험한 고뇌의 길을 걸어야 하는지를 알 수 없었다.

"이에야쓰(家康) 님의 수청을 거부했대."

"아니야, 기리시탄이래."

"지금이라도 늦지 않았다. '나는 기리시탄이 아니요'라는 한마디만 하면 풀어주겠다."

도쿠가와(德川)는 마지막의 자비조차도 스스로 거부하는 '줄리아'에 대해 "기리시탄이라면 이가 갈린다"며 "당장 저 멀리 일본 땅 밖으로 내쫓아 버리라"고 명령한다.

줄리아는 고즈시마(神津島)에서 몇 세대밖에 되지 않는 섬사람들에게 글과 사랑을 가르치며 살았다. 섬사람들은 그녀가 죽은 뒤로 330년이 넘도록 그녀를 섬의 수호자로 받들며 지금도 헌화하고 있다고 한다. 오타 줄리아의 아름다운 마음씨는 이처럼 꺼지지 않는 불씨가 되어 수백 년이 지난 지금까지 이어지고 있다. 그러나, 이러한 일들이 우리가 아닌 일본 땅에서 이루어지고 있다. 우리가 그녀에게 해줄 수 있는 것은 정녕 아무 것도 없는 것일까? 우리 모두 깊이 반성해볼 문제다. 이는 종교적인 문제가 아니라 우리의 선조에 대한 예의 문제이기 때문이다.

(2007-10-26)

머나먼 고즈시마 神津島

고즈시마(神津島)는 육지에서 멀리 떨어진 절해고도로써 정치범들이 유배되던 곳이다. 불문곡직 일단 그 섬에 들어간 사람은 거기서 죽어야 했고, 죽으면 유배인 묘지에 묻혔다. 어느 선교사는 이 섬을 '궁핍하고 불쌍한 어부의 초가 오두막이 아홉 채나 열 채밖에 없고, 인간에게 필요한 것이 지극히 결핍했다'고 토로했다. 오늘날에도 도쿄에서 출발하는 여객선으로 가면 13시간이 걸린다고 한다. 오타 줄리아가 유배되었던 그 시절에는 얼마나 멀고 먼 뱃길이었을까? 망망대해, 절해고도……, 어떠한 말을 다 갖다 대어도 모자랄 듯싶다. 오타 줄리아는 첫 번째 유배지 오시마(大島)에 흘러가 30일 정도 체류했다. 그리고 더 멀리 떨어진 니지마(新島)에 15일 동안 격리되었다. 종착지 고즈시마(神津島)에 유배된 그녀는 그곳에서 섬사람들을 깨우치고 봉사하다가 생을 마감했다.

고즈시마 전경 : 오타 줄리아가 마지막으로 유배 생활을 하던 절해고도다. 당시에는 한 번 들어가면 나올 수 없는 정치범 수용소였다.

일본 나고야 지역 기후현의 한 신도(信徒)가 인터넷에 글을 올렸다. 고즈시마(神津島) 사람들로부터 존경을 받고 있다는 어느 묘지에 대한 내용이었다.

"섬사람들은 십자가에 향(香)을 올리고, 그 무덤에 정성껏 기도하면 병이 낫는다고 했습니다. 그러나 사람들은 그 무덤의 유래를 알지 못하고 몇백 년 동안 그저 참배만 했습니다. 후(後)에 연구를 통해 '오타 줄리아'라고 하는 여성이 떠올랐습니다."

"줄리아 님은 공상의 인물이 아니고 역사상의 인물로서 문헌에 그 이름이 남아있습니다. 당시의 가톨릭 신부가 로마에 보낸 편지에도 나옵니다. 그녀는 조선 태생으로 고니시 유키나가(小西行長) 부인의 시중을 들고 있었습니다. 일본은 도요토미 히데요시(豊臣秀吉)가 조선에 출병을 했으므로 그때 그녀를 일본에 데려올 수 있었겠지요.

제2부 흔적을 찾아서

그리고 아마도 고니시(小西) 집에서 자랐겠지요."

"도쿠가와 이에야스(德川家康)의 기독교인 박해는 가내의 무사로부터 시작하여 궁중의 여성들에게까지 미치게 되었습니다. 이 줄리아의 박해에 대해서는 일본에 온 마치우스(마테오)라고 하는 선교사가 예수회 앞으로 보낸 1613년 1월 12일자의 보고서에 자세하게 실려 있습니다."

역사적 사실에 입각하여 자신의 느낌을 소상하게 밝힌 글이었다. 오타 줄리아가 수백 년이 지난 오늘에도 많은 사람들로부터 존경받고 있는 이유에 대해서 자신이 느낀 대로 기술한 것이다.

소설 『오다 쥬리아』의 작가 표성흠 씨와 통화했다. 이 소설을 쓰게 된 동기가 궁금했기 때문이다. 표 작가는 오타 줄리아에 대한 소설을 쓰게 된 계기에 대해서 "1970년대 초반 일본에서 오타 줄리아의 유물들이 한국에 온다는 신문기사를 읽고부터 관심을 가지게 되었습니다. 이때부터 오타 줄리아를 소설화해 보겠다는 욕심이 생겼으나, 이미 일본 작가가 이를 소재로 소설을 썼기에 글쓰기를 포기해 버렸습니다"라고 했다. 얼마간 시간이 흐른 후에 그는 일본 작가의 글에 빠진 부분이 있다는 것을 알았다.

오타 줄리아가 조선의 왕녀였다는 사실을 일본 작가가 간과했으며, 그녀를 실존 인물이 아닌 전설적인 인물로 묘사했기 때문에 그가 다시 펜을 들었다는 것이다. 표 작가는 그녀가 조선의 왕녀였다는 사실에 대해서는 이렇게 밝혔다.

"1871년 중국 상해의 자모당에서 출판된 『관광일본』의 〈정유유도

조)에 보면 오타 줄리아라는 인물이 조선의 왕녀임을 밝히는 '유립아고려국왕족녀야(儒立亞高麗國王族女也, 줄리아는 고려국 왕족 딸이다)'라는 구절이 있습니다. 이 소설이 역사적 사실을 바탕으로 하였기 때문에 전설이 아닌 실존 인물로 부각시키는 계기가 될 수도 있을 것입니다. 다시 말하면 역사적 장막에 가려져 있던 조선인 오타 줄리아의 삶을 그린 최초의 소설이라는 점에 의미가 있지 않을까요?"

그는 또 "일본엔 지금도 기독교가 뿌리내리기 어려운데, 그 시절 국법으로 금지된 큰 물결을 거슬러 올라갔던 성녀 오타 줄리아의 순교 정신을 찾아보고자 했다"고 덧붙였다.

고향에 내려가 창신대 겸임교수를 하면서 후학 지도에 땀을 흘리고 있는 표성흠 작가는 "사료(史料)의 한계로 인하여 오류가 있을 수 있으며, 이견도 제시될 수 있다"면서 "역사 교과서가 아닌 소설로 접해주기를 부탁한다"고 말했다. 비록 소설이라고는 하더라도 이러한 작품이 세상에 나오는 것은 그리 간단한 일이 아니다. 역사소설의 경우는 더욱 그러하다. 그는 자료 수집을 위해 일본을 수없이 왕래했으며, 이 작품을 집필하는 기간만 3년이 걸렸다고 했다. 결국 이 소설이 우리들의 곁으로 다가오기까지 37년이 걸린 셈이다. '마지막 역사소설.' 역사소설을 쓰는 일은 참으로 어려운 것이다. 일단 역사적 사건이 있어야 하기 때문이다. 또 역사적 인물에 대한 깊이 있는 심리 묘사가 있어야 하고, 현대적인 창조성도 발휘되어야 한다.

역사소설은 앉아서 쓰는 것이 아니라 발로 써야 한다. 역사적 사실을 수집하고, 고증도 받아야 하기 때문이다. 그래서 작가들은 '마지막 역사소설'이라는 이야기를 자주 하는 것 같다. 소설가 최인호

제2부 흔적을 찾아서

씨도 『제4의 제국』을 출간하면서 '이것이 나의 마지막 역사소설'이라고 했다.

표 작가도 이 책을 끝내면서 "나는 오타 줄리아 역시, 그러한(복음전파) 섭리에 의해서 그렇게 태어났고, 또 그렇게 죽어간 것이 아닐까 생각한다. 나 또한 그러한 오타 줄리아의 생애를 소설로 쓰기 위해 작가로서의 연단을 받지 않았나 하는 생각을 해본다. 이게 내 처음이자 마지막 소설이 될 것이므로…"라고 했다.

오타 줄리아가 유배되었던 고즈시마(神津島)는 이즈(伊豆) 제도(諸島)에 속해있는 작은 섬이다. 섬의 면적이 18.48㎢이며 행정구역상으로는 도쿄도(都) 고즈시마 무라(村)에 해당한다. 고즈시마(神津島)의 관광협회 사무장인 후쿠지(福地) 씨는 "지금은 고즈시마가 절해고도가 아닙니다. 도쿄의 다케시바(竹芝) 부두로부터 초고속선으로 3시간 45분, 시모다(下田)에서는 3시간이면 고즈시마에 도달할 수 있습니다"라고 했다. 물론 야간에 출발하는 객선으로 가면 약 13시간이나 걸리지만, 그 대신 아름다운 일출을 보면서 섬에 도착하는 또 다른 즐거움이 있다고 했다. 그 옛날의 고행길이 이제는 아름다움을 만끽하는 관광명소가 되었다. 섬에 살고 있는 사람의 수도 늘어나 2,100명이나 된단다. 한국인 방문자에 대해 묻자 "지난해(2006년) 오타 줄리아 기념제(5월 3번째 주일(토·일))에는 약 50여 명이 참석해서 그녀의 넋을 기렸다"면서, 평소에도 그녀의 묘를 찾는 한국 사람이 있다고 했다.

'기후'현의 한 열성 신도도 "치마저고리를 입은 다수의 한국 여성들이 줄리아 제(祭)에 참가하여 전원이 '줄리아 님'의 묘에 헌화하는 것을 보았다"고 했다. "오타 줄리아 님은 결코 외롭지 않을 것"이라고도 했다. 수백 년이 지나도 이처럼 그녀의 넋을 기리는 사람들의 따스한 마음들이 이어지고 있기 때문이란다. 시들지 않는 조선의 한 떨기 꽃, 오타 줄리아! 그 향기가 영원하기를 바라는 마음이다.

(2007-11-03)

그 섬에 가고 싶다

지구상에는 섬(島)이 참으로 많다. 분포상태에 따라 제도(諸島), 군도 (群島), 열도(列島), 고도(孤島)라고 부른다. 일본열도는 3,500여 개의 크고 작은 섬으로 형성되어 있다. 일본의 수도인 도쿄(東京) 주변에 도 섬이 즐비하다. 그중에서도 대표적인 섬이 이즈(伊豆) 제도다. 이 곳에는 7개의 섬이 길게 늘어서 있다. 이 7개의 섬을 오시마(大島), 도시마(利島), 니지마(新島), 고즈시마(神津島), 미야케지마(三宅島), 미 쿠라지마(御藏島), 하치죠지마(八丈島)라고 한다.

　고대 사대주명(事代主命, 大國主明.少彦名明과 함께 일본에서 받드는 3대 신)과 신들에 의해서 이즈(伊豆) 7도(七島)가 만들어진 이후, 각 섬의 신들은 중앙에 자리 잡은 고즈시마(神津島)에 모여 회의를 했 다. 당시에는 신들이 모이는 섬이라고 해서 고슈시마(神集島)라 불렀 다. 그 후 발음이 변하여 고즈시마(神津島)가 되었다. 아무튼, 회의

고즈시마 : 뒤로 멀리 보이는
산이 덴죠야마이다.

장소는 이 섬에서 가장 높은 산인 덴죠야마(天上山) 정상에 있는 화
구(火口)의 연못이었다. 회의 주제는 생명의 원천인 물이었다.

'각 섬에 물을 어떻게 분배할 것인가?'

각 섬에 분배될 물의 양에 대한 토의 결과 신들은 다음 날 아침
선착순으로 물을 나누자고 결의하고 헤어졌다. 이른 새벽 미쿠라지
마(御藏島) 신이 1등으로 도착했다. 부지런한 그는 가장 많은 물을
차지했다. 그래서 미쿠라지마(御藏島)는 물이 풍부한 섬이 되었다.
2등은 니지마(新島) 신, 3등은 하치죠지마(八丈島) 신, 4등은 미야케
지마(三宅島) 신, 5등은 오시마(大島)의 신이었다. 이들은 차례대로
물을 충분히 가져갔다. 그런데 늦잠을 자다가 뒤늦게 나타난 도시
마(利島) 신은 연못이 거의 바닥나 있는 것을 보고는 크게 분노했다.
그는 연못에 뛰어들어 난동을 부리며 휘젓고 다녔다. 연못에 남아있
던 물은 사방으로 흩어졌다. 덕택에 고즈시마(神津島)는 여기저기서
물이 솟아나게 되었다.

예로부터 전해 내려오는 물에 얽힌 전설이다. 해발 572m인 덴죠

제2부 흔적을 찾아서

물을 분배하는 신의 모습을 형상화한 고즈시마 조형물

야마(天上山) 정상에 있는 그 연못은 신성한 장소로, 지금도 사람들이 발을 디딜 수 없는 곳이라고 한다.

육지로부터 멀리 떨어져 있는 섬에 사는 사람들에게 물은 말 그대로 생명의 원천임이 틀림없다. 임철우의 소설 『그 섬에 가고 싶다』에도 섬의 물에 대한 이야기가 맛깔스럽게 나온다.

300년 전까지만 해도 낙일도는 아무도 살지 않는 무인도였다. 그때 최초로 들어와 땅을 일구고 농사를 짓기 시작한 세 가구의 사람들을 입도조(立島祖)라고 불렀다. (중략) 입도조들이 우리 마을에 정착하면서 가장 먼저 한 일이 바로 지금의 큰 새암을 파는 것이었다고 한다. (중략) 마을에선 해마다 정월 초하루만 되면 온 동네 사람들이 다 모여 당제를 올렸다. 그건 섬의 신령한 주인인 당할미와 더불어 입도조들을 기리는 제사이기도 했다.

그 섬에 가고 싶다

고즈시마의 오타 줄리아 묘역

신과 조상에 대해 지극정성을 다한 이 섬은 아무리 가뭄이 들어도 샘이 마르지 않았다고 한다. 신도 신이지만 조상을 섬기는 정성이 열매를 맺어 후손들이 혜택을 누리게 되었을 것 같다.

옛날의 고즈시마(神津島) 사람들은 역병이나 재해, 기근 등이 일어날 경우 소원을 비는 외에는 달리 방법이 없었다. 이것은 당대로 끝나는 것이 아니고 자손들에게도 전해 내려가는 풍습이었다. 또한 고즈시마(神津島)는 선조를 소중하게 여기는 섬으로도 유명하다. 이 섬의 묘지에는 언제나 예쁜 꽃다발들이 놓여 있다. 섬사람들의 마음에서 우러나는 조상에 대한 존경심의 발로다.

이 섬에는 '25일님(25日樣)'이라는 기원 행사가 있다. 음력 1월 23일부터 26일까지 4일간이 이 '25일님' 행사 기간으로 정해져 있다. 특히 24일과 25일 양일은 마을 사람들이 모두 일손을 놓는다. 낮에 바다에 나가 고기를 잡거나 밭에 가서 일을 하면 저주를 받고, 야간에도 밖에 나가면 집안에 흉사가 일어난다고 해서 모두가 집 안에 틀어박힌다. 심지어 일몰 전부터 아예 문을 닫고 불도 켜지 않은 채 잠자리에 들기도 한다는 것이다.

이러한 풍습은 어떻게 유래되었을까? 옛날 이즈(伊豆)의 오시마(大島)에서 관리들이 공물을 징수하러 왔다. 그런데 섬의 젊은이 25명이 관리들을 모두 살해해 버렸다. 과도한 공물 징수에 대한 반발이었다. 그러자 죽은 관리들의 망령이 배를 타고 젊은이들을 응징하러 섬에 왔다. 그런데 섬사람들은 망령들이 무서워서 젊은이들을 돕지 않았다. 인근 미야케지마(三宅島)로 도망가던 젊은이들은 태풍을 만나 모두 수장되고 말았다. 젊은이들을 돕지 않았던 마을 사람들은 그들의 망령이 복수하러 올 것이라고 생각했다. 그래서 이때가 되면 마을 사람들은 집 안에 숨게 되었다는 전설이다. 이러한 풍습이 오늘날까지 전해 내려와 2일간은 자동으로 아무 일도 하지 않는 휴일이 되었다. 숨어 지내야 했던 마을 사람들도 마음이 편치 않았을 것이다. 도쿄로부터 178km 떨어진 인구 2,000여 명의 작은 섬 고즈시마(神津島)에는 이런저런 전설이 많다.

이 섬에는 또 전설 같은 역사적 사실이 전해지고 있다. 필자가 '그 섬에 가고 싶은 이유'는 바로 오타 줄리아 때문이었다. 평소 관심을 가졌던 그녀의 발자취를 찾아 고즈시마(神津島)에 갔다. 도쿄로부터 쾌속선으로 4시간이나 걸렸다. 필자는 400년 동안 존경받고 있는 오타 줄리아의 묘지에 참배했다. 유배인들의 묘지와 함께 마을

한복판 파출소와 우체국 사이에 자리하고 있는 그녀의 묘지에는 꽃
다발과 과일이 풍성했다.

유배자 오타 줄리아는 마을 사람들과 함께 일하면서 그들에게 글
을 가르쳤으며, 약에 대한 풍부한 지식을 활용하여 마을 사람들의
병을 치료해 주며 살다가 이곳에서 한 많은 생을 마감했다. 마을 사
람들은 지금도 "그녀의 묘지에 아픈 곳을 문지르면 씻은 듯이 낫는
다"고 했다. 이 섬에서는 매년 5월 셋째 주 주일(토·일)에 '오타 줄리
아 제(祭)'가 열린다. 그녀를 존경하는 사람들이 일본 전역에서 모여
든다.

> 모든 인간은 별이다. 이젠 모두들 까맣게 잊어버리고 있지만, 그래서 아
> 무도 믿으려 하지 않고 누구 하나 기억해 내려고조차 하지 않지만, 그래
> 도 그건 여전히 진실이다.　　　　　　　– 임철우, 『그 섬에 가고 싶다』 중에서

이 섬에 오고 싶지 않았던 오타 줄리아도 별이 되었을까?

수평선 저 멀리 금빛 찬란한 태양이 바닷물을 붉게 물들이며 얼
굴을 묻고 있다. 아마도 저 해가 지고 나면 줄리아 별이 반짝반짝 빛
을 발하기 시작할 것이다.

(2008-06-21)

　　　　　　　　　　　　　　　　　　　　　　제2부 흔적을 찾아서

줄리아 종언終焉의 섬

'제39회 오타 줄리아 제(祭) 미사(2008년 5월 17일)'는 오타 줄리아 현창비(顯彰碑, 숨어 있는 선행을 밝히어 세상에 널리 알리는 비석) 앞 작은 광장에서 열렸다. 참석자는 도쿄에서 온 80여 명의 신도들이었다.

미사를 주재한 도쿄교구(東京敎區)의 우라노 유우지(浦野雄二) 신부는 다음과 같은 서두로 기도를 이끌었다.

"오늘 우리가 오타 줄리아 님의 현창비(顯彰碑) 앞에 모인 이유는 하늘의 뜻입니다. 400여 년 전 조선에서 태어나 도요토미 히데요시의 조선 정벌에 따른 피해자로서, 이 섬에서 복음을 전하다가 생을 마감한 오타 줄리아 님의 넋을 기리기 위해서 이 자리에 모였습니다. 여러분! 그녀를 위해 다 같이 기도합시다."

신도들은 땡볕 아래서도 흐트러짐 없이 머리 숙여 기도했다. 미사는 한 시간 동안 진행되었다.

줄리아제를 알리는 현수막

　도미자와 히테코(富澤日出子)라는 67세의 할머니는 "얼마 전 성당의 잡지에 난 글을 읽고 스스로 감동하여 처음으로 이 축제에 참석하였습니다. 그동안 이 사실을 모르고 살아온 자신이 부끄럽습니다"라고 했다.

　도쿄의 하치오지(八王子) 성당에서 단체로 온 츠카모토 세치코(塚本世智子) 씨도 "최근에 이러한 사실을 접하고 건강이 좋지 않았으나 무리해서 참석했다"면서 참석하기를 너무나 잘했다고 만족해했다.

　우라노 유우지 신부는 미사를 마치면서 믿음의 중요성을 강조했다. "세월이 흘러서 모든 것이 변한다 할지라도, 믿음이 변해서는 안 됩니다."

　오타 줄리아가 이토록 일본 사람들로부터 추앙을 받는 이유가 무척 궁금했다. 일본인들은 어린 나이에 일본으로 잡혀 와 그리스도인이라는 이유로 박해를 받으면서도 신앙심을 잃지 않고 어려운 삶을

오타 줄이아제의 미사 장면

살았던 사실 자체가 존경을 받게 된 이유라고 했다.

그리고 유배지인 고즈시마에서도 섬사람들에게 복음과 글을 깨우치다가 생을 마감했다는 것도 그녀가 추앙받는 이유라고 했다. 옛날부터 이 섬에서는 '줄리아의 묘지에 참배하면 병이 낫고, 소원도 이루어진다'는 소문까지 돌았다고 했다.

도쿄 환경보전연구회의 직원 이노우에 아키노리 씨는 "오타 줄리아를 참으로 존경합니다"라면서 "줄리아는 나가사키(長崎)의 니시자카(西坂) 언덕에서 십자가에 매달려 순교를 당한 26성인(聖人)에 버금가는 순교자입니다. 오타 줄리아도 이들과 같은 성인의 대열에 끼어야 합니다"라고 역설했다. 그는 또 "오늘날 일본 사회에는 오타 줄리아와 같은 순수성을 지닌 사람이 없습니다. 동정녀 오타 줄리아를 통해서 인간의 순수성과 존엄성을 배워야 합니다. 순수성이 사라지고 있는 오늘의 현실이 안타까울 따름입니다"라면서, "내년의 40주년 행사에도 꼭 참석할 것"이라고 했다.

참배객들과 함께 고즈시마(神津島) 언덕에 있는 '아리마' 전망대에 올랐다. 전망대에는 높은 십자가 하나가 섬 전체를 굽어보며 서 있었다. 십자가 밑에는 '줄리아 종언(終焉)의 섬'이라고 쓰여 있었다. 종언(終焉)이란 생명이 끝나는 것, 죽음을 맞이하는 것, 또는 임종을 뜻한다. 그리고 다음과 같은 사연이 적혀 있었다.

오타 줄리아는 조선 전쟁의 고아였다. 크리스천인 아우구스티노(小西行長)에 의해서 일본에 와 양녀로 자랐다. 가톨릭 세례명은 줄리아였다. (중략) 1612년 크리스천 탄압에 의해 체포되어 오시마(大島)·니지마(神島)를 거쳐 고즈시마(神津島)에 이송되었다. (중략) 쇼와 45년(1970) 5월 25일, 제1회 오타 줄리아 제(祭)가 시작되어 오늘에 이르렀다.

사연은 서글펐으나 전망대의 경관은 아름다웠다. 눈앞에는 푸른 바다가 펼쳐졌고, 발밑에는 이름 모를 야생화들이 피어 있었으며 작은 산새들이 허공을 가르며 노래하고 있었다.

'아! 여기가 바로 천국이로구나.'

그러나 그 당시의 오타 줄리아는 이처럼 아름다운 경관을 느낄 수 없었을 것이다. 철모르는 나이에 영문도 모른 채 이국땅에 잡혀 온 그녀는 한(恨) 많은 세월 눈물로 적시다가 이 섬에 묻혔으니……

전망대를 내려오자 건너편 비탈진 산등성이에 외롭게 서 있는 소나무 한 그루가 눈에 들어왔다. 한눈에 봐도 풍상(風霜)의 세월을 모질게 살아온 소나무라고 생각되었다. 저 소나무도 『폭풍의 언덕』에 나오는 전나무처럼 등성이를 넘어오는 거센 바람을 견디기 어려웠을 것이다. 오타 줄리아도 그랬을 것이다.

집 옆으로 몇 그루의 제대로 자라지 못한 전나무가 지나치게 기울어진 것이나, 태양으로부터 자비를 갈망하듯이 모두 한쪽으로만 가지를 뻗고 늘어선 앙상한 가시나무를 보아도 등성이를 넘어 불어오는 북풍이 얼마나 거센가를 알 수 있으리라.

오타 줄리아 종언(終焉)의 섬! 수백 년이 지난 오늘도 이토록 일본인들의 발길이 잦은 것은 무슨 이유일까? 오타 줄리아가 온갖 어려움 속에서도 자신이 세운 신념을 잃지 않고 꿋꿋하게 살았기 때문일 것이다. 오늘을 사는 우리 모두가 배워야 할 덕목이다.

(2008-07-07)

구사야 이야기

'오타 줄리아 제(祭)'에 참가한 후 이즈(伊豆) 제도 고즈시마(神津島)의 민박집 우메다장(梅田莊)에서 숙식을 하게 되었다. 저녁 시간이 되자 의외로 많은 사람들이 아래층 식당으로 모여들었다. 평소 복장으로 밥상 앞에 앉은 사람도 있지만, 온천장 같은 데서 입는 유카타(浴衣) 차림의 손님들도 제법 있었다. 저녁 식사는 형편에 따라 삼삼오오 편하게 하는 방식이었다. 같은 배를 타고 온 도쿄의 도미자와 히테코(富澤日出子) 할머니와 하치오지(八王子) 성당 신자인 츠카모토 세치코(塚本世智子) 여사가 먼저 식사를 하고 있었다. 필자는 그들 옆의 빈자리에 앉았다. 식단은 섬의 특산물인 생선과 나물 등이 주류를 이루고 있었다. 특히 덴죠야마(天上山)에서 난다는 산나물인 두릅(楤穗)이 많이 나왔다.

뒤이어 서너 명의 남자들이 왁자지껄 떠들며 자리했다. 조용하던

오타 줄리아 묘지 입구

민박집이 갑자기 소란스러워졌다. 속으로 '일본 사람들도 꽤나 시끄럽다'고 생각하면서, 개의치 않고 밥을 먹었다. 그런데 어디선가 구린내가 나기 시작했다. 필자는 주인아주머니를 불러 창문을 좀 열어달라고 주문했다. 그런데도 냄새는 사라지지 않고 도를 더해갔다. 더이상 참을 수 없을 정도였다. '이 사람들이 썩은 계란을 먹고 방귀를 뀌었거나, 발을 며칠 동안 씻지 않은 낚시꾼들일 것'이라고 생각했다.

'깔끔하기로 소문난 일본인들도 별수 없군. 이토록 지저분하다니……'

밥을 먹든 둥 마는 둥 숟가락을 놓고 서둘러서 민박집을 빠져나왔다. 민박집 아주머니는 "아직도 나갈 음식이 많은데 왜 그러느냐?"면서 만류했다.

덴죠야마(天上山) 산자락 아래 자리한 민박집을 떠나 맹목적으로 골목길을 나섰다. 특별히 갈 곳도 없었기에 좁은 골목길을 두리번거리며 무작정 걸었다. 20여 분쯤 걷다 보니 '오타 줄리아' 묘지 푯말이 눈에 들어왔다.

구사야

그녀의 묘지 앞에는 태극기와 일장기가 교차되어 꽂혀 있었다. 속으로 물었다.

'줄리아 님! 이토록 지독한 냄새를 어떻게 견디십니까?'

해변으로 나가 하얀 백사장을 거닐었다. 아는 사람이라고는 하나도 없는 절해고도의 노을을 보면서 '혼자라는 것은 외롭다는 것'을 다시 한번 느꼈다. 불빛이 요란한 특산품 가게에 들러서 "이 지역의 특산품이 무엇이냐?"고 물었다. 그러자 그것은 다름 아닌 '구사야'라고 했다. '구사야'라는 말은 일본의 초가집(草屋)을 연상케 한다. 발음상으로 같기 때문이다. 그러나 그 의미는 완전히 다르다. '구사야'는 건어물의 이름이다.

아차 싶었다. 잘 알지도 못하면서 낚시꾼인 듯한 민박집 사람들을 지저분하다고 생각했던 것을 크게 후회했다.

"민박집에서 '구사야'를 구웠었구나."

20여 년 전에 도쿄의 한 일식집에서 일본 친구와 함께 구사야를 맛본 적이 있다. 일본 사람들도 싫어한다는 별미(?)에 도전했으나, 종국에는 손을 들고 말았었다. 그렇다면 이 구사야의 본고장에 왔다는 말인가?

구사야는 전갱이를 썩혀서 발효한 액체에 갈고등어를 절였다가

제2부 흔적을 찾아서

구사야 특산 마을 안내 표지석

굴비처럼 건조시킨 어류를 말한다. 갈고등어를 일본에서는 무로아지 (室鰺)라고 하는데, 아지(鰺)의 어원이 '비린내 소(鰺)'라는 것만 보아 도 냄새와 관련이 많은 어류다.

아무튼, 이 구사야가 이즈(伊豆) 제도의 특산품이란다. 구사야는 신선한 생선을 구사야 액(液)에 넣어 장시간(8~20시간) 절인 후에 햇 볕에 말린다. 흔히 구사야를 발효식품이라고 하지만, 발효시킨 것은 생선이 아니고 구사야 액(液)이다. 독특한 냄새라기보다는 차라리 악 취라고 표현하는 것이 낫다. 구사야는 강렬한 냄새 때문에 싫어하는 사람과 좋아하는 사람이 확연하게 갈라진다. 싫고 좋음이 분명하다 는 것이다. 그러나 짠맛이면서도 순함이 있어서, 맛으로 느끼는 염분 은 그다지 높지 않다고 한다.

구사야의 역사는 에도시대로 거슬러 올라간다. 에도시대에는 막 부의 장군에게 바치는 진상품으로 쓰였다는 기록이 있다고 했다. 구 사야의 정확한 발상지는 알 수 없으나, 이즈(伊豆) 제도의 니지마(神 島)가 원조라는 설이 유력하다. 그리고 이즈(伊豆) 제도의 하치오지

마(八丈島)는 니지마(新島)로부터 구사야 액(液)을 얻어다가 그 지역의 구사야를 만들었다고 한다. 에도시대의 어시장에서는 '냄새가 지독하다(臭い, 구사이, 구리다)'고 해서 '구사야'라는 이름이 붙여졌다고 하나, 정확한 어원은 찾을 수 없다고 했다.

이즈(伊豆) 제도는 산이나 경사면이 많아서 벼농사나 밭농사를 지을 수 없었다. 그러나 소금이 많이 나기 때문에 에도막부는 쌀의 대용으로 소금을 공물로 바치도록 했다. 또한 섬에서 많이 잡히는 생선을 에도까지 옮길 수 없었기에 소금에 절인 건어물을 만들도록 했다. 그러나 공물로 바치는 소금의 양이 많아서 부득이 생선을 절일 때 이미 사용했던 소금물을 반복해서 사용할 수밖에 없었다. 그런데 절인 생선의 맛이 손상되는 줄로 알았던 섬사람들은 나중에 절일수록 더욱 맛있다는 것을 알게 되었다. 묵은 장맛이랄까? 사람들은 오래된 소금물을 소중하게 생각하게 되었다. '구사야 액(液)'은 이렇게 탄생했다.

구사야 액(液)은 다갈색의 끈끈한 액체로서 젓갈(魚醬)에 가까운 고상한(?) 맛을 지니고 있다고 한다. 이 액체는 초산, 프로피온산 등을 함유하고 있어 특징적인 냄새를 자아낸다. 오랜 세월에 걸쳐서 배어 나온 물고기의 성분을 국물로 사용하기 위해 숙성시키는 데도 많은 세월이 걸린다. 따라서 이 액체는 새로 만든 것이 거의 없다. 대체로 예로부터 내려온 것이다. 개중에는 400년에 가깝게 사용하는 액(液)도 있다고 한다. 제조업자들은 이 액체를 가보(家寶)로 여기고, 그 맛이 대대로 전해지게 한다. 맛의 계승을 위하여 온 가문이 애를 쓴다는 것이다. 구사야의 냄새나 맛은 섬마다 가게마다 다르지만, 대체로 니지마(神島)의 구사야가 가장 냄새가 강하다고 했다. 이즈(伊豆) 제도의 일반 가정에서는 집에서 만든 구사야 액을 딸이 시집갈 때 혼수로 가지고 갔다고 한다. 그만큼 소중한 보물이라는 얘기다.

비타민이나 아미노산 등이 대단히 풍부하게 함유되어 있는 구사야는 항균작용도 한다고 전해지고 있다. 섬사람들은 몸이 아프거나 다쳤을 때 구사야 액을 마시거나 환부에 바르면 치료가 된다고 했다.

구사야를 굽는 냄새가 어느 정도일까?

도시나 외국에서는 구사야 굽는 냄새를 '시체 태우는 냄새가 난다'고 경찰에 신고하여 큰 소란이 일어나기도 했단다. 우리가 해외에서 청국장을 끓이면 이웃에서 소동이 일어난다는 것과 흡사하다.

나라마다 문화가 다르고 식생활이 다르기 때문에 충분히 일어날 수 있는 일이다. 그러나 아무리 맛이 있고 자기가 선호하는 음식이라고 할지라도 남에게 폐를 끼쳐서는 안 된다.

최근 들어서는 구운 구사야가 진공포장 되어 일본 전역에 유통되고 있다고 한다. 기회가 되면 진공 포장된 구사야에 도전장을 내어 볼 참이다.

(2008-06-27)

일본 사학자가 본 줄리아

"나는 저 아이의 장래가 걱정되어 견딜 수가 없구나. 예쁘게 생긴
데다 어미를 닮아 정(情)이 깊고 외곬으로만 생각하는 기질이 있어
서……. 이대로 이국땅으로 끌려간다면 어떻게 될까?"

이미 고인(故人)이 된 일본 작가 모리 노리꼬(森禮子)의 소설 『삼
채(三彩)의 여인』에 들어있는 한 대목이다. 이 소설은 포로로 끌려가
일본에서 생을 마친 실존 인물 '오타 줄리아'를 주인공으로 하고 있
다. 물론, 역사적 사실과 작가의 상상력이 혼재돼 있다.

"며칠 후의 이른 새벽. 포로들과 그들의 가족은 작은 배에 실려
바다 위에 떠 있는 큰 군선으로 옮겨졌다. 배에는 이미 많은 포로들
이 잡혀 와 있었고, 배 전체는 울음바다가 되어 통곡을 하고 있었
다."

임진왜란 때 포로의 몸으로 일본에 끌려간 민초들의 '통곡'이 들

　　　　　　　　　　　　　　　　　　　　제2부 흔적을 찾아서

역사학자 도리쓰 료지 : 우도성의 성
주였던 고니시 유키나가, 그리고 오
타 줄리아에 대해 연구하는 학자다.

리는 듯하다. 적게는 5만, 많게는 15만 명의 포로가 일본으로 끌려가
지 않았던가.

　얼마 전 규슈(九州)에 갔다. 검은 구름이 사라지고 다시 불볕더위
가 기승을 부렸다. 목적지는 구마모토(熊本) 현에 있는 야쓰시로(八
代)박물관이었다. 도리쓰 료지(鳥津亮二) 씨를 만나기 위해서다. 월요
일이어서 박물관이 휴관인데도 그는 필자를 반갑게 맞이하면서 이
렇게 말문을 열었다.

　"고니시 유키나가(小西行長)에 대해서 아무도 정확하게 연구한 사
람이 없었습니다. 2002년 야쓰시로(八代)박물관에 근무하기 시작하
면서부터 '고니시(小西)'와 '오타 줄리아'에 대해 연구하기 시작했습니
다."

　그는 《우도학 연구》(제35호)에 실린 〈유럽의 사료(史料)에 의한 고
니시 유키나가·줄리아 오타(아)의 특집호〉 논문의 저자다.

　"1600년 세키가하라 전투에서 패한 고니시(小西)가 처형당한 후
도쿠가와 이에야스(德川家康)가 크리스천에 대해서 다소 우호적인 태

도리쓰의 논문이 실린《우도학 연구》

도로 일관했었죠. 그런데 1612년 이에야스 측근들의 사건을 계기로 그리스도교에 대한 불신이 폭발, 금교령(禁敎令)이 내려지게 되었습니다. 그런 이유로 크리스천 다이묘(大名) 고니시(세례명 아우쿠스티누스)에 대한 연구를 아무도 하지 않았던 것입니다."

역사는 승리한 자에 의해서 기록되는 것일까. 패장 고니시의 흔적은 일본에서도 오랜 세월 수면 아래 가라앉아 있었다. 하지만, 그가 영주로 있던 우도시(宇土市) 교육위원회에서 도리쓰 료지(鳥津亮二)씨에게 연구를 의뢰한 것이다.

"이 연구 논문은 1588년 고니시 유키나가(小西行長)가 히고(肥後)국에 입국해서 우도(宇土)를 거점으로 마시키(益城)·아마쿠사(天草)·야쓰시로(八代)를 다스렸기 때문에 이 지역을 중심으로 그의 활동상을 정리한 것입니다. 물론 유럽의 자료를 토대로 했죠."

"조선에서 태어난 줄리아는 임진왜란 때 고니시에 의해 포로가 되어 히고(肥後)에 온 조선인 포로 중의 한 명입니다. 그 당시 왔던 많은 포로 중에서 여인의 몸으로, 크리스천으로, 생을 마감한 여성이기에 더욱 돋보인 것입니다."

도리쓰 씨는 고니시 유키나가를 연구함과 동시에 오타 줄리아의 생애를 조명해서 논문의 부록으로 실었다. 그의 논문을 나름대로 열심히 읽었기에 대화가 훨씬 수월하게 진행됐다. 오히려 그의 반문이 있었다.

"이 논문을 어디서 구하셨나요? 일본인도 아닌 한국인이 저의 논문을 가지고 계신다는 것이 신기합니다."

"지난 2014년 10월 24일 쓰시마(對馬)에서 극단 와라비좌(座)가 줄리아를 주인공으로 하는 뮤지컬 공연을 했었어요. 그때 선생의 논문과 저서 『고니시 유키나가(小西行長)』를 구입했습니다."

"그러시군요. 그 뮤지컬은 그해 10월 1일 우도(宇土)에서 첫 공연을 한 후로 오이타(大分)·나가사키(長崎) 등 규슈지역을 순회했었죠."

하지만 그에 따르면 "지금까지 일본에서 많은 책이 발간되고 뮤지컬 등이 등장했으나, 검증이 안 된 부분이 많다"고 했다. 그래서 그가 택한 사료가 루이스 메디나 신부의 예수회 기록이었다. 역사 전문가의 입장에서 밝힌 내용이다.

"우선 줄리아의 이름에 대해서는 '오다아'가 일반적이었습니다. 하지만 줄리아에 대한 일본 측 자료로 유일한 사료(史料)가 하나 있습니다. 일본의 『부코우잣키(武功雜記)』입니다. 여기에는 '御다아'로 기록돼 있습니다. 메디나 신부의 기록에는 로마자 표기가 'Ota' 또는 'Vota'였으나 (일본어) 50음의 적용으로 '오-다'가 적용된 듯합니다. 그 후 한자로 '大田(오타)'라는 표기가 시작된 것입니다."

이 외에도 '오다 줄리아'에서 '오다'가 붙은 것은 '조선에서 오다',

'얻어온 아이' 등에서 유래했다는 따위의 여러 설(說)이 있으나 도리쓰(鳥津) 씨는 '줄리아'라는 세례명이 '가장 정확하다'고 단호하게 말했다.

"'오다아'일까, '오다'일까? 이름일까, 아니면 성(姓)일까? 확정하고 싶습니다만 어떠한 근거 자료도 없습니다. 그러나 당시 예수회의 기록은 일관되게 그녀에 대해 '줄리아'로 표기하고 있습니다. 그녀가 1596년 5월 베드로 모레홍 신부로부터 세례를 받고서 '줄리아'가 되었기 때문입니다. 논문을 읽어보셨겠지만, 저 역시 '오다아'를 빼고 '줄리아'로 통일했습니다."

고니시 유키나가의 성에서 살다가 도쿠가와 이에야스의 궁으로 옮겼던 오타 줄리아는 천주교 박해의 칼날을 피하지 않고 버티다가 고즈시마에 유배된다. 거기서 생을 마감했다는 것이 보통 사람들의 일반적인 믿음이었다. 하지만 그녀의 최후에 관해서는 이견도 있다.

"하신토 살바네스(H. Salvanez) 신부가 1620년에 나가사키(長崎)에서 발신한 편지가 있습니다. 그 편지에는 줄리아가 고즈시마에서 나와 본토에서 생활했다고 말하고 있습니다."

도리쓰(鳥津) 씨는 자신의 논문 91쪽을 펼치면서 '줄리아가 무슨 이유인지는 모르겠으나, 고즈시마에서 나와 나가사키 등에서 활동했다'는 근거를 제시했다.

고려에서 태어난 줄리아는 로사리오(rosario, 묵주의 기도)를 대단히 좋아하는 사람으로 그녀는 성 콘프라디아(Confradia)를 위해 항상 일하고 있었기에 몇 번인가 자신의 집에서 추방되어 이제는 집도 없이 이집 저집 옮겨 다니고 있습니다.

성 콘프라디아(Confradia)는 예수나 성모의 행적을 묵상하는 기도인 로사리오 기도를 장려하기 위해 도미니코회 수사들이 창립한 '신심회'다. 이 편지의 내용으로 보면 줄리아는 이 단체를 도우면서 아이들에게 교리를 가르치고 성가를 부르게 한 이유로 봉행소로부터 추방 명령을 받았다. 이는 안효진 수녀의 논문 〈오타 줄리아의 생애와 영성〉에도 나와 있다.

도리쓰(鳥津) 씨는 "이 이후 줄리아의 행방은 프란시스코 파체코(Francisco Pacheco) 신부의 서간문에 기술돼 있다"고 했다. 파체코 신부는 포르투갈 출신 예수회 소속 선교사로 나가사키·오사카·교토에서 포교 활동을 한 인물로, 편지를 쓰기 전에 일본 관구장이 됐다. 그의 편지 내용은 다음과 같다.

신앙을 위해 추방된 고려인 줄리아는 지금 오사카(大阪)에 있습니다. 나는 이미 도움을 주었고 할 수 있는 한 그녀를 돕고 있습니다.

"줄리아에 대한 기록은 현 단계에서 이것이 최후의 것입니다. 이 기록에 나타난 바와 같이 줄리아가 고즈시마에서 나와서 나가사키·오사카 등에서 활동했다는 것은 틀림없는 사실입니다. 그러나 그녀가 언제 생을 마쳤는지는 결코 알 수 없는 일이 되고 말았습니다."

도리쓰(鳥津) 씨는 줄리아 제(祭)를 해마다 열고 있는 고즈시마에서 '심포지엄 연사로 초청받았다'는 것을 언급했다. 그에게 물었다.

"저도 2008년 고즈시마에 다녀온 적이 있습니다. 그때도 혹시 심포지엄에 참석하셨나요?"

"아니요. 그때도 요청이 있었는데, 제가 '줄리아가 고즈시마에서 나와 나가사키·오사카 등에서 활동했다고 발언해도 됩니까?'라고 물었더니, 한마디로 그만 초청 연사가 되지 못했습니다" 하면서 미소를 지었다.

(2016 – 09 – 22)

"저의 논문은 앞에서도 밝힌 바와 같이 루이스 메디나(Juan G. Ruiz de Medina) 신부의 『머나먼 까울리(高麗)』를 많이 참고했습니다. 어떠한 자료보다도 그 당시(1566~1784)의 사실이 정확하게 기록돼 있기 때문입니다. 줄리아의 기록도 팩트입니다."

도리쓰 료지(鳥津亮二) 씨는 그가 조사한 결과를 토대로 '오타 줄리아가 고즈시마에서 나와 일본 본토에서 어려운 사람들을 도우면서 신앙생활을 했다'는 루이스 메디나 신부의 고백을 제시했다.

"필자가 오타 줄리아에 대해서 찾아낸 최후의 기록은 일본 발신 1622년 2월 15일자, 프란시스코 파체코 신부의 편지입니다. 이 편지의 말미에 그 자신이 다음과 같이 추기하고 있습니다. '신앙 때문에 추방된 고려인 오타 줄리아는 지금 오사카에 있다'고."

도리쓰 씨는 일본어판 『머나먼 까울리(高麗)』의 271쪽을 펼치면

좌)『머나먼 까울리』: 메디나 신부가 지은『한국천주교 전래의 기원(1566~1784)』의 일본어판이다.
우)『한국천주교 전래의 기원(1566~1784)』: 박철 교수의 번역으로 나온 한국어판.

서 재차 설명했다.

그렇다면『머나먼 까울리(高麗)』는 어떤 책인가. 이 책에는 줄리아에 대한 글 10편이 들어 있었다.

"16세기 격동의 동아시아, 미지의 왕국 까울리(高麗)에의 포교를 열망하는 선교사들에 대해서 이 국경은 강하게 닫혀있는 것처럼 보였다. 그러나……."

이 책의 원제는『한국천주교 전래의 기원(1566~1784)』이다. 1986년 로마어와 스페인어로 간행돼 대내외에 큰 반향을 불러일으켰다. 1988년 일본어판이 나왔고, 그 이듬해 우리나라에서도 외대 박철 교수가 번역하여 서강대학교 출판부에서 출간했다. 당시 유럽의 선교사들은 조선을 섬으로 간주했다. 삼면이 바다로 둘러싸여 있기 때문이다.

일본의 가톨릭 탄압을 소재로 한 엔도 슈사쿠(遠藤周作, 1923~1996)의 소설『침묵』은 '후미에(踏み絵)'로부터 시작된다. 후미에는 에

도 막부에서 십자가에 못 박힌 예수나 성모마리아가 새겨진 금속이나 목재의 성화상을 밟고 지나가게 해서 신자를 색출하던 방법이다.

밟아라, 성화를 밟아라.
나는 너희에게 밟히기 위해 존재하느니라.
밟는 너의 발이 아플 것이니
그 아픔만으로 충분하니라.

"일본에서는 선교 활동이 대단히 어렵다는 것을 로마 교황청에서도 성직자들의 편지에 의해서 이미 알고 있었습니다. 1587년 이래 히데요시(秀吉)가 종래의 정책을 바꾸어 가톨릭을 박해하기 시작하면서, 가장 먼저 나가사키의 니시자카(西坂)에서 26명의 사제와 신도들이 화형(火刑)에 처해졌습니다. 또한 각처에서 수많은 가톨릭 신도들이 쫓겨나고 고문을 받고 학살당하기 시작했습니다. 도쿠가와 이에야스(德川家康)도 이 정책을 그대로 답습하여 1614년 일본 내에 있는 모든 가톨릭 선교사들을 국외로 추방하기로 결정했습니다."

천주교에 호감을 가졌던 도요토미 히데요시가 1587년 6월 19일, 규슈를 제압한 이후 하카다(博多)에서 황당한 명령을 내렸다. 선교사를 일본에서 몰아내는 바테렌(伴天連, 선교사) 추방령을 내린 것이다. 고니시를 비롯하여 크리스천이 많은 규슈의 다이묘들은 당황하지 않을 수 없었다.

"일본은 신들의 나라이기 때문에 기리스탄들의 나라에서 온 신부들이

야쓰시로 성당의 성모 마리아 상

악마의 가르침을 펴기 위해서 이 땅에 오는 것은 몹시 나쁜 일이다. 그들은 일본의 여러 영지에 와서 우리를 그들의 종파로 개종시키고 있다. 이 때문에 그들은 신들과 부처들의 사원을 파괴하고 있다. …… 그런 일은 나쁜 일이므로 나는 신부들이 일본 땅에 있지 말아야 한다고 정하는 바이다. 이 결정에 의해 20일 이내에 자신들의 일을 정리하고 자국으로 돌아가야 한다."

일본에 그리스도교가 전해진 것은 1549년 8월 15일이다. 프란시스코 사비에르(Francisco Xavier)와 코스메 드 토레스(Cosme de Tones) 신부, 후안 페르난데스(Juan Femandes) 수사에 의해서다. 이후 선교사들의 일본 공략은 끊임없이 진행됐다. '1549년부터 1643년까지 94년 동안 110명의 신부와 36명의 수사가 일본에 입국했다'는 통계가 이를 말해주고 있다.

"가시죠. 구마모토(熊本) 현의 작은 도시 야쓰시로(八代)에 이에야

야쓰시로 성당의 순교자 비

스(家康) 시대 최초의 순교자에 대한 증거가 있습니다."

필자는 도리쓰 씨의 안내를 받아서 이에야스 시대 최초의 순교자들 흔적을 찾아갔다. 순교(殉敎)란 무엇인가. 종교에 대한 갖은 압박과 박해에 굴하지 않고 자신이 믿는 신앙을 지키기 위해서 목숨을 바치는 것이다. 야쓰시로(八代) 시내의 어느 한적한 곳에 세워진 성당. 성모마리아 상(像) 아래 일본어로 적힌 구절이 눈에 들어왔다.

천주의 성모
우리를 위해서 기도해 주소서

성당을 돌아 뒤편 정원으로 가자 하늘을 찌르듯 커다란 나무가 있고, 그 아래 비(碑)가 자리하고 있었다. 비에는 우리가 흔히 알고 있는 문구가 또렷하게 새겨져 있었다.

한 알의 밀알이 땅에 떨어져 죽으면 많은 열매를 맺는다.

야쓰시로 성당 순교자비 건립
의 사연을 적은 안내문

비에는 1603년 12월 8일과 9일에 순교한 사람 6명, 1606년 감옥에
서 순교한 1명, 1609년 1월 11일 순교한 4명의 이름과 나이는 물론
처형 방식에 이르기까지 그 내용이 자세히 기록돼 있었다.

성인(成人)들은 그렇다고 치더라도 8세의 루도비코, 12세의 토마
스, 6세의 베드로가 참수된 이유에 대해서 도리쓰 씨에게 묻지 않을
수 없었다. 그의 대답이다.

"어린아이들이 무엇을 알았겠습니까? 그저 부모님과 뜻을 같이했
다는 말밖에. 그것이 그들이 참수당해야 했던 죄목(罪目)이었던 것입
니다." 비에 새겨진 내용을 옮겨본다.

고니시 유키나가(小西行長)의 비호 아래 일본 유수의 크리스천 융성의 땅
이 되었던 야쓰시로(八代)도, 1600년 세키가하라 전투에서 패한 유키나
가(行長)의 실각에 의해 가토 기요마사(加藤清正) 지배의 땅이 되기에 이르
렀고, 혹독한 박해의 시대를 맞았다. 전종자(轉宗者, 배교자)와 다른 번(藩)으
로 도망가는 사람도 많았으나, 이 땅에 머물러서 신앙을 관철하는 자
도 있었다. 이들 중 지도자 수 명이 체포되어 가족과 함께 처형되었다.

유키나가(行長)의 가신 2명과 그의 가족 4명, 선교사가 추방된 상황에서도 우도(宇土)에서 여전히 신도들의 곁에서 버팀목을 이어간 자비역(慈悲役) 3명과 그의 아들 2명, 합계 11명이 순교했다.

신의 가르침을 지키고자 각각의 시련을 감내하며 죽음을 두려워하지 않은 그들의 용감함과, 부인들의 두드러진 마음과 자세는 만인의 심금을 울렸다. 특히, 티 없이 맑은 세 명의 어린이들의 순교는 보고 있던 대군중의 혼(魂)을 흔들어 움직였고, 많은 전종자(轉宗者)들을 반성하게 했으며 신도들에게 용기를 주었다.

그들의 순교 300주년을 맞이해 이들의 유덕을 오래도록 기념함과 동시에, 현재의 자유와 평화는 그들의 죽음에 의해서 이뤄진 것이며, 우리의 신앙은 깊은 지하의 수맥(水脈)으로서 이 땅에 흐르는 순교자의 피에 의해서 생겨났다는 것을 상기하기 위해 이 비(碑)를 건립한다.

1990년 4월 길일(吉日). 야쓰시로 가톨릭교회.

이 글을 읽고서 다시 한번 그들의 아픔과 서러움, 그리고 종교를 위한 순교(殉敎)의 의미를 이해할 수 있었다. 가까우면서도 먼 까울리(高麗)와 일본 사이에는 자신의 종교를 지키기 위한 사람들의 희생과 아픈 사연들이 곳곳에 존재하고 있다.

서러우면서도 의미 있는 삶을 산 '오타 줄리아'처럼.

(2016 - 09 - 30)

고니시와 순천왜성

16세기 후반 오랜 세월의 전란을 제패하고 일본 천하를 자신의 손에 넣은 도요토미 히데요시(豊臣秀吉, 1537~1598)는 조선과 중국을 지배하려는 망상에 빠지게 된다. 1590년에는 '명나라를 정벌하려고 하니 길을 내라', 즉 향도정명(嚮導征明)을 내세운다. 동아시아의 정세를 잘못 판단한 히데요시는 조선이 거부하자 조선 침략을 위한 전쟁을 준비한다. 조선 침략의 전진기지이자 총사령부의 본진이 자리하고 있던 곳이 바로 규슈에 있는 나고야성(名護屋城)이다.

일본인 카도와키 마사토(門脇正人) 씨가 쓴 『조선인 가도(街道)를 가다』에 들어있는 내용이다.

이렇게 해서 나고야성에 집결한 전국의 다이묘(大名)는 130명이 넘었다. 그들은 나고야성을 중심으로 반경 3km 이내에 있는 구릉에

돌담만 남은 규슈의 나
고야 성터

진영을 구축했다. 히데요시는 이곳에서 조선 침략을 위한 야욕의 불을 지핀 것이다.

임진왜란 당시 왜군은 제1군에서 제9군까지 15만이 넘는 대군이었다. 고니시 유키나가(小西行長, 1555~1600)가 맡은 제1군이 1592년 4월 12일 100여 척의 배에 나눠 타고 쓰시마를 출발한 다음 날 부산에 상륙했다. 임진왜란이다.

1597년 2월, 히데요시는 14만의 군대를 동원해서 조선을 재침략했다. 정유재란이 시작된 것이다. 정유재란은 시작부터 왜군이 불리했다. 가토 기요마사(加藤淸正, 1562~1611)의 부대가 12월 말에서 1월 초까지 울산에 성을 쌓고 지구전을 폈으나, 대세는 이미 기울고 있었다.

일본군은 히데요시의 죽음을 비밀에 부치고 퇴각한다. 순천성에서 퇴각하는 고니시 유키나가(小西行長) 군대와 이순신 장군이 일전을 벌인 전투가 노량해전이다. 11월 26일 고니시(小西)의 군대가 철퇴함으로써 7년간의 침략 전쟁은 막을 내린다. 안타깝게도 이순신 장

<정왜기공도>에 대해 설명하
는 장진배 해설사

군이 전사한다.

이런 전쟁의 역사를 더듬어 보기 위해 지난 주말 오후 전남 순천
에 갔다. 다른 이유도 있었다. 무안공항과 일본의 기타규슈 간 항로
가 개설됨에 따라 일본 관광객 유치를 위한 자문을 위해서다. 필자
외에도 여러 사람이 있었는데 일본인 오야마 미요(大山美代) 씨가
동행했다.

순천왜성(順天倭城). 전라남도 순천시 해룡면 신성리. 전라남도 기
념물 제171호. 이 성은 임진왜란 당시 왜장인 고니시 유키나가가 구
축한 것이어서 '왜성'이라 부른다.

성터 입구에서 기다리고 있던 문화관광 해설사 장진배 씨와 만났
다. 봄을 재촉하려는 듯 그의 옷 색깔이 봄의 전도사 같았다. 장 해
설사는 <정왜기공도(征倭紀功圖)>부터 설명했다.

"자, 이 그림부터 설명하겠습니다. 그림 속에 그 당시의 전투 상황
이 고스란히 담겨 있습니다. 이 그림은 1974년 미국 컬럼비아대학의
개리 레드야드(Gari Ledyard) 교수에 의해서 세상에 알려졌습니다."

"이 그림은 누가 그렸나요?"

"명나라 종군화가가 그린 것입니다."

"그림 밑에 적혀 있는 일본인 '나카무라(中村仁實)'라는 사람은 어떤 역할을 했나요?"

"그는 필사본을 그린 사람으로 알고 있습니다."

기록은 중요했다. 그림 한 장을 통해서 당시의 군대 배치와 규모에 대해 완벽하게 이해할 수 있었다. 필자 일행은 해설사를 따라서 성터로 올라갔다. 성터에는 역사의 아픈 흔적들이 듬성듬성 남아있었다.

"이 문지(門址)는 본성과 외성을 연결하는 출입문입니다, 문지 옆으로는 해자(垓字)를 만들고 바닷물을 끌어들여 방어에 치중했던 것입니다."

장진배 해설사는 성(城)의 복원에 대해서도 자세히 설명했다.

"이 성터는 2006년부터 일본의 기술자를 불러 복원하기 시작했고, 아직도 복원 작업이 계속되고 있습니다. 우리나라의 성은 기초를 만들고 그 위에 돌을 쌓습니다. 일본의 성은 기초 없이 바로 쌓아 올립니다."

천수기단

그의 설명이 계속 이어진다.

"입구에 있는 화장실의 물은 지하수입니다. 이 성 안에서 물을 자급자족할 수 있다는 것도 성을 세우는데 있어서 좋은 여건 중의 하나였을 것입니다."

해설사는 하나라도 놓치지 않으려는 듯 계속해서 말을 하면서 천수기단(天守基壇)에 올랐다.

"이곳은 천수각이 세워졌던 곳입니다. 〈정왜기공도〉를 보면 5층 규모의 건물이 있었던 것으로 추측됩니다. 천수기단도 오랜 세월 석축이 흐트러지고 일부가 무너져서 보수 작업을 계속하고 있습니다."

천수기단 위에 올라서 사방을 바라보았다. 제철소가 들어서고 집이 지어지는 등 '전쟁터였다'는 생각이 들지 않았다. 400년 세월이 흘렀으니 당연한 일이리라. 해설사는 동서남북을 가리키며 조선, 명나라, 왜군의 배치에 대해서 설명했다.

순천왜성을 돌아본 일본인 미요(美代) 씨는 다음과 같이 소감을 피력했다.

"일본인의 입장으로서도 치욕(恥辱)의 역사를 복원한 순천시에 감

충무공 사당인 충무사에 있는 소서행장 비

사드립니다. 교과서에서만 볼 수 있었던 그 당시의 상황을 제 눈으로 직접 볼 수 있었기 때문입니다. 일본인들에게도 많은 교훈이 될 것 같습니다. 침략은 욕심에서 비롯되니까요."

성터를 돌아본 일행은 이순신 장군 사당인 충무사로 갔다. 거기에서 의외의 흔적 하나를 발견했다. 고니시 유키나가(小西行長)의 비(碑)가 있었던 것이다. 비석에 대한 설명의 글을 그대로 옮긴다.

이 비석은 정유재란 당시 소서행장(小西行長)이 순천왜성에 주둔했던 것을 기리기 위해 일제 강점기 시절에 일본군이 성내 천수대에 설치하였으나, 광복 이후 지역주민들이 넘어뜨려 주변 농경지에 있던 것을 해룡면사무소에 보관해 오다가 이곳으로 옮겼다. 충무공의 얼이 깃들어 있는 이곳에 비를 옮긴 이유는 임진왜란과 같은 전란을 후손들이 다시는 겪지 않도록 교훈을 주기 위함이다.

순천시의 고뇌의 흔적이 들어있는 글이었다. 이 비는 일제 강점기 시절 하야시 센주로(林銑十郎) 당시 육군 중장이 세웠다. 후일 그는 33대 일본 총리가 됐다.

유비무환(有備無患)이라고 했던가. 아픈 역사가 되풀이되지 않도록 만전을 기해야 할 것이다.

(2016-02-25)

고니시 유키나가의 흔적

고니시 유키나가(小西行長, 1558~1600)는 임진왜란 때 조선을 침략했던 선봉장이었다. 그는 사카이(堺) 무역상 고니시 류사(小西隆佐, ?~1592)의 아들이다. 그의 아버지는 전국시대부터 아즈치 모모야마 시대에 걸쳐서 이름을 날렸던 사카이(堺) 지역 호상이었다. 부호(富豪)이면서 도요토미 히데요시(豊臣秀吉)의 측근이었다. 아무튼, 그의 집안은 열렬한 크리스천이었다. 유키나가(行長)의 어머니 '막달레나'는 여걸 중의 여걸이었다. 그녀는 수시로 히데요시(秀吉)의 공문서를 대필하기도 했다.

이러한 상식을 바탕으로 지난 10일 고베(神戸)에서 업무를 마치고 잠시 시간을 내어 사카이(堺)를 향했다. 고베(神戸), 오사카(大阪)를 거치는 동안 기차를 세 번 갈아타고서 사카이(堺)역에 내렸다. 역

우리의 간이역과 흡사한 사카 이 역

(驛) 직원에게 관광 안내소를 물었다.

"여기 관광 안내소가 어디에 있나요?"

"없습니다. 그 대신 이 전화로 물어보시면 답을 해줄 겁니다."

역무원은 '안내소는 없고 전화로 알려주는 시스템만 있다'고 했다. 전화기를 들고서 용감(?)하게 물었다.

"관광 안내소입니까? 혹시 고니시 류사(小西隆佐)가 살던 곳이나 가족들의 흔적, 그리고 그들이 무역 거래를 했던 곳을 아시나요?"

한동안 답이 없다.

"……. 저… 관광 안내 책자에 나와 있는 내용 외에는 모릅니다만……."

"그래요? 실례했습니다."

관광 안내 책자를 집어 들고 역에서 나와 우동 한 그릇으로 점심을 때우고서 택시를 탔다. 택시 운전사 역시 고개를 좌우로 흔들 뿐 동문서답만 했다.

'아! 헛고생이런가. 오래전부터 찾고자 했던 곳인데…….'

그러나 기왕에 택시를 탔기에 관광 안내서에 나와 있는 다인(茶人) 센노리큐(千利休, 1522~1591)의 생가 터로 방향을 틀었다. 센노리큐는 도요토미 히데요시를 천박한 사람으로 결론 내린 실존 인물이다.

"센노리큐 생가터로 갑시다."

"오케이. 좋습니다."

신이 난 운전사는 자신이 요미우리신문사 오사카지사 사회부 전속 운전사였다면서 으스댔다.

'신문사 물을 먹었단 말이렷다?'

택시 운전사는 20분쯤 달리더니 센노리큐의 생가 터 앞에서 차를 세웠다. 마침 봉사 활동을 하고 있는 나이 지긋한 노인이 계시기에 고니시 가문에 대해 묻자 "고니시 유키나가의 흔적이 시내에 있다"고 했다. 운전사는 열심히 귀동냥을 하더니 "아! 저도 알 수 있습니다" 하면서 씽긋 웃었다.

운전사는 할아버지가 그려준 약도를 들고서 거리를 몇 바퀴 돌더니 큰길 옆에 차를 세웠다.

"여기 있습니다."

그곳에는 외로운 표지석 하나와 안내판이 서 있었다. 안내판에 쓰여 있는 글을 요약해서 옮겨본다.

고니시 유키나가는 1558년 약재상인 고니시 류사의 차남으로 났고, 이곳(宿屋町 北寄)에 저택이 있었다. 그는 어린 시절 기독교 세례를 받았다. 세례명은 아우구스티노. 유키나가는 도요토미 히데요시의 신임을 받아서

고니시 유키나가의 생가터 표
지석과 안내문

전공을 세운 결과, 1588년 우도의 14만 6,000석의 영주가 되었다. 히데
요시가 조선 출병을 목표로 한 전쟁(임진왜란)에서는 가토 기요마사(加藤清
正)와 함께 군대를 인솔했다. 그런 가운데서도 유키나가는 평화 교섭 업
무를 담당했다.

1600년 세키가하라 전투에서는 서군인 이시다 미쓰나리(石田三成,
1560~1600) 편에 서서 싸웠으나, 동군인 도쿠가와 이에야스(德川家康)에게
패해서 교토에서 참수당했다.

그렇다. 교토에서 태어나 사카이에서 자란 유키나가(行長). 태어난
곳에서 참수당한 것도 고약한 운명이로다. 안내판과 표지석을 카메
라에 담고서 상상의 나래를 폈다. 사카이야 다이치(堺屋太一)의 소
설『도요토미 히데요시』속으로 들어가 본다.

자치와 자유의 도시 사카이에서는 항상 신흥 세력이 대두했다. 예
수교 강당을 설립한 히비야 료케이, 조선과의 상거래로 성장한 약종
(藥種) 업자 고니시 일가, 도요고(豊後)나 사가미(相模)에 넓은 상권

을 연 덴노지야 쓰다 일족 등이 그랬다.

"진영 막사 앞에 상인이 와서 나으리를 뵙겠다고 합니다. 이것을 보여드리면 아실 것이라고 합니다만……."

시종이 내놓은 것은 은으로 된 십자가와 검은 표시가 되어있는 나무 표찰, 오와리 고오리 마을의 이코마 저택에서 쓰이던 예금표였다.

"그들은 고니시라고 하는 약장사 부부가 아니더냐?"

"맞습니다. 서른이 넘은 남자에 스물예닐곱 정도의 부인, 그리고 열 살 정도의 남자아이를 데리고 있습니다."

"당장 들여보내라."

히데요시는 웃으면서 말을 이어갔다.

"부인께서는 글씨도 잘 쓰지만 조선이나 남만(南蠻)의 말도 하실 수 있다고 했지요?"

"예. 이 아이에게도 조선말을 가르치고 있습니다."

고니시 부인은 옆에 있는 열 살가량의 남자아이를 도요토미 히데요시에게 인사시키며 대답했다. 고니시 유키나가는 부모의 소개로 이렇게 히데요시를 만났던 것이다. 1565년 8월 초의 일이다.

(2017-12-20)

세스페데스 신부의 발자취

때마침 황금연휴를 맞이해서 서울역으로 갔다. 목적지는 진해. 지금은 창원시에 통합됐으나 어쩐지 진해라는 이름이 더 익숙했다.

10시 5분. 출발 시간이 되자 KTX 열차는 지체 없이 꿈틀거리기 시작했다. 기차가 덜그렁덜그렁 한강철교를 지나더니 순식간에 서울을 버리고 초록의 산하(山河)에서 더욱 속도를 높였다. 계절도 고속 질주. 산과 들은 여름을 서둘러서 푸름을 알리고 있었다.

창원중앙역에서 내려서 긴 기다림 끝에 택시를 탔다. 가는 곳이 어려웠을까? 택시 운전사의 나이가 많은 탓일까? 많은 시간과 비용을 투자해야 했다. '세스페데스 공원'은 택시 운전사에게 너무나 어려운 이름이자 생소한 장소였다.

눈에 들어오는 안내 표지판을 보면서 창원시 관광 해설사 최영임 씨의 원격 조정을 받아서 가까스로 공원을 찾았다. 세스페데스 공원

세스페데스 공원

은 아파트 건설공사가 한창인 신도시의 큰길 모퉁이에 있었다. 필자
는 카메라 셔터를 열심히 누르면서 작고 아담한 공원을 몇 바퀴 돌
았다.

그레고리오 데 세스페데스(Gregorio de Cespedes) 신부, 그는 누
구인가.

1551년 스페인에서 태어난 그는 인도의 고아에서 서품을 받고 일
본으로 건너갔다. 임진왜란이 일어난 다음 해인 1593년 12월 27일
그는 지금의 진해인 웅천(熊川)에 첫발을 디딘 인물이다. 조선 땅을
최초로 밟은 외국인 신부였다. 애초 목표로는 크리스마스에 맞추어
서 올 예정이었으나 풍랑으로 인해 차질이 생겼던 것이다.

그의 방문에 대해 상반된 의견들이 제시되고 있다. 우선 그가 조
선을 침략한 제1선봉장 고니시 유키나가(小西行長)의 요청을 받고 온
종군(從軍)신부라는 주장이다. 하지만 세스페데스 신부 연구의 전문
가인 외국어대 박철 교수의 의견은 전혀 다르다. 그의 저서 『16세기
서구인이 본 꼬라이』를 통해서 알아본다.

세스페데스는 일본군의 종군신부로서 조선까지 따라온 것이 아니라,
복음전파를 위한 포부를 갖고 순수하게 가톨릭 교리의 일환으로서 조
선 땅을 밟았다고 생각해 볼 수 있다. 그의 방한은 히데요시(秀吉) 몰래
이루어졌고, 일 년 만에 그의 행각이 발각되어 타의에 의해서 일본으로
돌아갔다.

세스페데스 신부가 '단순히 일본의 종군신부로 조선에 온 것으로
만 속단하는 것은 잘못되었다'는 것이다. 필자가 찾은 여러 자료에
의하면 박철 교수의 주장에 무게가 실린다.
그렇다면 세스페데스 신부는 어디로 상륙했을까. 다시 박철 교수
의 저서 『16세기 서구인이 본 꼬라이』를 통해서 알아본다.

세스페데스 신부는 은밀하게 남해안 고문가이(熊川, 진해의 옛 이름)에 도착
하여 천주교 다이묘의 영접을 받아 인도되었다. 특히 그가 고문가이 성
(城)에 머물면서 일반 병사들의 눈에 띄지 않게 성채의 가장 높은 윗부
분에서 지냈으며 주로 말을 이용해서 선교 활동을 했음을 그의 편지에

사도마을의 탕수바위 : 세스페데스 신부가 상륙한 지점이라고 알려져 있다.

서 볼 수 있다.

최영임 해설사의 안내로 한적한 바닷가로 갔다. 도로 아래 해안에 큰 바위들이 세월을 머금고 잔잔한 물결들과 노닐고 있었다.

"이곳입니다. 탕수바위라고 하죠. 이곳이 세스페데스 신부가 최초로 상륙한 지점으로 전해지고 있습니다."

기록에 따르면 세스페데스 신부의 최초 상륙지는 사도마을 바닷가로 나온다. 잠시 생각에 잠겼다.

'하멜보다 60년 앞서서 최초로 조선 땅을 밟은 서양인 신부 아닌가.'

그는 비록 조선에서 포교 활동을 하지 못했으나 전쟁을 막아보려고 노력했던 인물임은 틀림없다.

"저기 산이 보이시지요? 웅천왜성입니다. 저 산의 높은 곳에 신부께서 기거하셨답니다. 지금도 일 년에 한 번 진해 덕산성당의 신부님들과 신자들이 오셔서 세스페데스 신부와 그때 희생된 조선인들을 위한 미사를 올립니다."

웅천왜성의 흔적

최영임 해설사가 생각에 잠겨 있는 필자에게 부연 설명을 했다. 웅천왜성에 오르기로 마음먹고 발걸음을 옮겼다.

웅천왜성은 숲이 우거져 있었다. 그러나 가파른 경사 때문에 중턱에서부터 숨이 거칠어졌다. 그래도 역사의 흔적을 직접 더듬어 본다는 사실만으로도 즐거웠다. '새순이 돋아남과 동시에 바로 녹음으로 이어지는 숨 가쁜 자연의 섭리도 인간사와 같다'는 생각을 하면서 고불고불 산길을 올랐다. 7부 능선쯤 오르자 성(城)의 잔재들이 눈에 들어왔다. 무너진 돌담이었으나 형태가 왜성(倭城)임은 틀림없었다. 정상 부근에 이르자 세 개의 관문이 나왔다. 문지기는 키 큰 나무들이 대신했다.

드디어 해발 184m의 산 정상에 올랐다. 천수각이 세워졌을 자리에는 깨어진 돌들이 제멋대로 흩어져 있고, 사이사이 야생풀들이 꽃을 피우고 있었다. 정상에서 내려다보이는 바다에는 부산 신항만의 컨테이너들이 가득했고, 멀리 거가대교가 섬과 섬을 잇고 있었다. 흩어진 돌무더기 위에 세워진 녹슨 안내판에는 다음과 같은 글이 적

웅천왜성 천수각 터의 잔해

허 있었다.

웅천왜성(熊川倭城)은 임진왜란 때 왜군이 장기전에 대비하여 우리나라에 쌓은 18개의 성 가운데 하나이다. 이곳의 지형은 바다 쪽으로 툭 튀어 나와 있고 북쪽으로는 웅포만을 끼고 있어서 왜군이 수백 척의 함선을 정박시키기에 적당하였다. 또 안골포, 가덕도, 거제도 등에 주둔하고 있 던 왜군과의 연락도 편리하고 본국과의 거리도 가까웠으므로 군사 주 둔지로 유리한 지역이었다. 이 때문에 왜장 고니시 유키나가(小西行長)는 이곳에 진을 치고 왜군의 제2기지로 사용하였다. (중략) 성의 구조는 일본 식으로서 산꼭대기에 본성을 두고 아래쪽으로 능선을 따라 제1외곽, 제2외곽을 각각 배치하였다. 그리고 육지 쪽의 방비를 위해 또 다른 성 인 나성(羅城)을 두었다. 원래 성의 넓이는 약 1만 5,000㎡ 정도였으며 높 이는 지형에 따라 약 3~5m 정도였으나 대부분 훼손되어 지금은 산등 성이와 산정상 부분에 길이 약 700~800m, 높이 약 2m 정도만 남아있 을 뿐이다.

안내문은 비교적 사실적으로 표기돼 있었다. 이 성의 형태는 '성(城)의 달인'으로 알려진 가토 기요마사(加藤淸正)가 쌓았다는 설(說)이 있으나, 조선의 방어용 성을 고니시(小西)가 점령하여 개축했다는 주장에 설득력이 있다. 경상남도는 웅천왜성을 기념물 제79호로 지정하고 있다.

웅천왜성은 뱃길로 일본과 가장 가까운 곳이다. 그래서 도요토미 히데요시는 규슈(九州)의 요부코(呼子)에 다이묘들을 모이게 했고, 쓰시마(對馬島)를 중간 기착지로 해서 조선 땅을 무참히 짓밟은 것이다.

웅천왜성의 중턱, 세스페데스 신부가 기거했을 법한 곳에 앉아서 가지고 간 자료를 펼쳐 봤다. 그가 조선에서 쓴 최초의 편지다.

우리는 마침내 성 요한 축일에 두 번째로 항구(쓰시마)를 떠나 하느님의 가호로 조선에 도착하였습니다. 고문가이(熊川)는 우리 일행이 상륙한 곳으로부터 10~12레구아(Legua, 1레구아는 약 5,572m) 떨어져 있었으므로 즉시 그곳으로 갈 수가 없었습니다.

(중략)

조선에서 일어나는 사건들을 간단히 종합해보면 평화가 금방 이룩될 것 같지는 않습니다. 왜냐하면 평화의 제의를 시작했던 중국의 중요한 인물(沈惟敬)이 중국이 당초 허락하기를 원했던 것보다 더 많은 것을 요구해온 것 같기 때문입니다.

(중략)

웅천성은 난공불락의 요새로 조만간에 완성되리라 여겨지는 놀랄 만큼 거대한 방어 작업이 추진되고 있었습니다. 그들은 아우구스티노(小西行長)의 부하들이며 맹우들인 모든 귀족들과 군사들이 야영하고 있는 성(城)에 높은 방어벽들과 망루들과 튼튼한 초소들을 세워 놓았습니다. 1레구아 주위에 여러 요새들이 있었는데 아우구스티노 동생인 도노메도노 베드로(Tonomedono Pedro)가 있었으며 다른 한 곳에는 아우구스티노의 사위 쓰시마 영주인 다리오(Dario)가 장악하고 있습니다. 또 다른 곳에는 시고쿠(四國) 지방의 4왕국의 영주들이 머물고 있으며…….

세스페데스 신부가 일본을 출발해서 조선에 이르기까지의 상황을 일기를 쓰듯이 자세하게 기록해서 자신의 조선 방문을 허락한 베드로 고메스 신부에게 보낸 편지이다. 이 편지는 세스페데스 신부가 조선에서 쓴 첫 번째 편지다.

나름대로 하나의 결론을 내렸다.

'세스페데스 신부는 종교인이자 평화주의자였다.'

하지만 그가 상륙 지점과 웅천왜성의 거리를 10~12레구아(Legua)로 기록한 것은 풀어야 할 또 다른 숙제로 남았다. 1레구아가 스페인 단위로 약 5,572m이기 때문이다.

(2017-05-16)

바다의 사랑에 부쳐

"조선반도의 남단 부산의 서쪽에 웅천(熊川)으로 불리는 장소가 있습니다. 당시 일본군이 축성한 성(城)을 한국에서는 왜성(倭城)이라고 부릅니다. 고니시 유키나가(小西行長)는 왜성을 축성하고 2~3년 체재했습니다. 분로쿠(文祿) 2년(1593) 12월 나가사키로부터 사제 세스페데스(Cespedes)와 일본인 수사 한칸 레온(Hankan Leon)을 불러 그곳에서 미사를 드리도록 했습니다."

규슈의 야쓰시로(八代)시립박물관 학예원 도리쓰 료지(鳥津亮二) 씨가 〈시리즈 재검증, 고니시 유키나가(小西行長)〉 강연회에서 발표한 내용이다.

세스페데스 신부의 나이는 당시 불혹을 넘긴 42세였고, 한칸 레온은 신부보다 12~13세가 더 많았다.

도리쓰(鳥津) 씨는 "세스페데스 신부는 조선에 최초로 발을 디딘

고니시 유키나가가 주둔하던
웅천왜성 터(진해)

사람)"이라고 했다. 그리고 세스페데스 신부가 조선 땅을 밟을 수 있었던 이유는 "제1군에 고니시(小西)를 비롯해서 규슈의 아리마 (有馬)와 오무라(大村) 등 크리스천 다이묘(大名)들이 포진하고 있었기 때문"이라고 했다.

사실이다. 고니시 유키나가 부대에는 크리스천 다이묘들이 많았다. 독실한 천주교 신자였던 유키나가는 웅천왜성 완공을 눈앞에 둔 시점에 당시 일본에서 활동하던 스페인 출신 그레고리오 데 세스페데스(Gregorio de Cespedes) 신부를 웅천왜성에 초청했다. 세스페데스 신부는 1593년 12월 27일 웅천에 상륙해서 1595년 6월 초순까지 1년 6개월가량 머물며 웅천왜성과 주변 성에 있던 왜군 천주교 신자들을 대상으로 미사 집전과 교리 강론을 하고, 이교도(異敎徒) 병사들에게도 세례를 주는 등 목회 활동을 했다.

도리쓰(鳥津) 씨는 세스페데스의 조선 방문에 대해 다음과 같은 의견을 제시했다.

"세스페데스 신부는 '조선에도 필히 그리스도교를 포교하고 싶다'는 열의를 가지고 몇 번이나 웅천왜성을 벗어나 조선 사람들에게 접

조선 최초의 미사 터(도리쓰 묘지 촬영)

근하려고 했으나 결국 뜻을 이루지 못했습니다."

도리쓰 씨는 실제로 조선 최초로 미사가 집전된 곳을 방문해서 그 사진을 책에 실었다. 그의 말이다.

"세스페데스의 미사에 대한 내용은 프로이스(Luis Frois, 1532~1597)의 기록에도 확실하게 쓰여 있습니다. 역사학자 입장에서 보면 종교를 떠나 중요한 팩트(fact)입니다."

그리고 그는 "고니시의 행동이 여기에 이르기까지 국경과 시간을 초월해서 영향을 미친 것은 대단한 일"이라고 했다. "조선을 침략한 부분은 안타까운 일"이라고 하면서.

세스페데스와 그의 동반자 한칸 레온을 소위 종군(從軍)사제로 부르는 것은 성격적으로 맞지 않는다. 자신의 의사와 반해서 가정과 가족으로부터 무리하게 격리되어 전쟁터로 끌려나간 병사들에게 목회를 하기 위해서 초청된 것에 불과하다.

루이스 메디나(Juan G. Ruiz de Medina) 신부의 저서 『머나먼 까

세스페데스 신부와 한칸 레온(세스페데스 공원의 부조)

울리(遙かなる高麗)』에 나와 있는 내용이다. 이 책은 그 당시(1566~
1784)의 역사적 사실을 정확하게 기록하고 있어서 역사학자들에게
많은 참고가 되고 있다.

세스페데스 신부의 방한 활동은 그와 친분이 두터운 고니시 유키
나가 등 다이묘들의 요청에 따라 비밀리에 취해진 것이었으나, 가토
기요마사(加藤淸正)의 방해로 '조선을 넘어 명나라에서 선교 활동을
하겠다'는 큰 뜻이 좌절되고 말았다. 결국 세스페데스 신부는 조선
을 떠나게 되었다.

이는 박철 교수의 주장과도 맥(脈)을 같이한다. 그 후 세스페데스
신부는 조선 땅을 다시 밟지 않았다.

60평생 중 일본에 머무른 기간만 34년이다. 그는 죽는 날까지 일
본에서 선교 활동을 하고 다녔다. 1611년 12월 어느 일요일 아침, 나
가사키(長崎)에서 관구장 신부를 알현하고 고쿠라(小倉, 현 北九州)
의 집으로 돌아오는 길이었다. 마중 나온 사람들의 영접을 받으면서

발걸음을 옮기던 중 뇌출혈로 쓰러지고 말았다. 그가 남긴 마지막 말이 유명하다.

"하느님! 감사합니다."

오쓰보 시게타카(大坪重隆) 씨의 안내로 후쿠오카에서 기타규슈로 갔다. 그는 자신의 고향에 '오래된 교회가 있었다'는 기억을 더듬으면서 차를 몰았다.

골목길을 돌고 돌아서 천신만고 끝에 교회를 찾았다. 가톨릭 고쿠라(小倉)교회였다. 필자는 반가워서 '바로 여기로다' 하고 교회로 들어갔으나 신부님들은 고개를 좌우로 흔들었다.

"혹시 세스페데스 신부님 묘지가 여기에 있나요?"

"없습니다."

세스페데스 신부가 생을 마감한 1611년은 암운(暗雲)의 시기였다. 성당이 파괴되고 사제들은 추방됐다. 1614년에는 크리스천 금교령이 내려졌으며 교회도, 관계자들의 묘지도 모두 파괴됐다.

"제가 생각했던 대로 세스페데스 신부의 흔적은 모두 말살되었을 것입니다."

오쓰보(大坪) 씨도 숨을 길게 내쉬면서 말했다. 세스페데스 신부의 유해는 크리스천을 탄압하던 막부(幕府)에 의해서 바람처럼 사라지고 말았던 것이다.

또 다른 사실 하나. 그곳은 고쿠라교회 소속의 '가가야마 하야토(加賀山隼人)'의 순교(殉敎)를 기리는 곳이었다. 그는 1576년 10세의

가가야마 하야토 송덕비

어린 나이에 예수회의 신부 '루이스 프로이스'로부터 세례를 받았다. 세례명은 디에고(Diego).

막부의 기교(棄教)를 거부하던 가가야마(加賀山)는 1619년 10월 15일 예수와 마리아의 이름을 다섯 번 부르면서 참수당했다. 54세의 나이에.

17세기 전반 막부의 크리스천 탄압에 의해 순교한 일본인 신도 188명이 바티칸에 의해서 '복자'로 인정됐다. 그들은 오랜 세월 어둠 속에 묻혀 있다가 빛을 볼 수 있게 됐다. 2008년 11월 24일의 일이다.

다행스러운 것은 가가야마 하야토가 세스페데스 신부와 관련이 있다는 기록을 찾은 것이다. 가가야마는 이 지역에서 활동하던 세스페데스 신부의 지도를 받으며 모범적으로 젊은 고쿠라교회 공동체 만들기에 최선을 다했던 인물이다.

'그래도 헛걸음은 아니었다'는 생각을 하면서 발길을 돌렸다.

교회 앞의 순교 송덕비에 새겨진 〈바다의 사랑에 부쳐(寄海戀)〉가 큰 울림으로 다가왔다. '가가야마 하야토(加賀山準人)'가 작은 배로 처형장 아래에 도착해서 개종(改宗)을 요구하는 관리에게 자신의 마지막 심경을 토로한 일수(一首)로 알려져 있다.

천길만길 깊은 사랑의 바다는 저기로다.
이 마음 전하면 좋으련만 말조차 떠오르지 않도다.

(2017-05-26)

가토와 고니시

"일본의 3대 명성(名城)은 오사카성(大阪城), 나고야성(名古屋城), 히메지성(姬路城)을 꼽습니다."

일본인 오쓰보 시게다카(大坪重隆) 씨의 말이다. 그의 말처럼 오사카성, 나고야성, 히메지성은 규모에 의한 3대 명성이다. 그러나 설계자에 의한 3대 명성도 있다. 나고야성, 오사카성, 구마모토성(熊本城)이다. 아무튼, 한국 사람들이 많이 찾는 규슈(九州)의 구마모토성은 3대 명성의 반열에서 관광객들을 맞고 있다. 이 성(城)은 임진왜란 당시 제2군 사령관이었던 '성 쌓기의 명수' 가토 기요마사(加藤清正, 1562~1611)의 작품이다. 가토(加藤)와 고니시 유키나가(小西行長, 1558~1600)에 관련한 역사적 사실을 더듬어 본다.

"가토 기요마사에게 구마모토(熊本)를 주고, 고니시 유키나가에게

축성의 명수 가토 기요마사(加藤清正)가 세운 구마모토성

우도(宇土)를 주겠다."

규슈를 점령한 도요토미 히데요시(豊臣秀吉, 1537~1598)는 어느날 다이묘(大名)들에게 영지 분배를 발표했다. 도요토미 히데요시 휘하에서 어린 시절부터 경쟁해온 가토 기요마사와 고니시 유키나가에게 서로 이웃한 영지를 분배한 것은 무슨 이유일까. 이것은 단순한결정이 아니었다. 이들을 경쟁시켜 조선을 침략할 때 '두 사람 중 누구를 선봉장으로 내세울까?'를 저울질하고 있었다.

'가토(加藤)로 할까 고니시(小西)로 할까?'

히데요시는 그러면서도 인삼 수입 등의 무역으로 조선 사정에 밝은 사카이(堺)의 무역상 집안임을 감안해서 제1선봉장으로 고니시를마음에 두고 있었다.

히데요시의 측근으로는 일찍이 두 부류의 젊은 장교들이 있었다.가토 기요마사, 후쿠시마 마사라노(福島正則), 가토 요시아키(加藤嘉明), 그리고 이시다 미쓰나리(石田三成)와 고니시 유키나가였다. 전자세 명은 실전을 중시하는 청년 장교였고, 후자 두 사람은 비서업무나 전략 등을 담당하는 참모 격이었다. 이들은 히데요시의 지근거리

제2부 흔적을 찾아서

우도성 터에 세워진 고니시 유키나가의 동상

에서 서로를 경계하면서 질투심을 키웠다.

　엔도 슈사쿠(遠藤周作, 1923~1996)는 소설 『숙적』에서 "가토와 고니시는 서로의 운명을 걸고 싸워야 하는 숙명적 관계였다"고 했다.

　"주는 것 없이 밉다."

　작가는 소설에서 "우리의 인생살이에서도 그와 같은 상대가 반드시 나타나는 법"이라고 썼다. 교활한 히데요시가 이들의 경쟁심을 부추기면서 실리를 취했을 것이다.

　후일 고니시 유키나가는 '세키가하라 전투'에서 7,000여 명의 병력을 거느리고 이시다 미쓰나리의 서군 편에 동조했다. 그런데 병력이 우세했던 서군은 이런저런 이유로 예상보다 빨리 전의를 상실했다. 결국 이시다 미쓰나리의 독단으로 서군은 세키가하라 전투에서 도쿠가와 이에야스가 이끄는 동군에 쓰라린 패배를 당하고 말았다.

가도 기요마사의 동상

　고니시 유키나가는 1600년 11월 16일(양력), 교토의 6조(六條) 가
와하라(河原) 형장에서 이슬로 사라졌다. 가톨릭 신자였기에 할복(割
腹)을 거부하다가 번뜩이는 칼날에 의해 목이 떨어졌던 것. 이시다
미쓰나리와 안코쿠지 에케이(安國寺惠瓊, 1539~1600)가 고니시의 저
승길을 동행했다.

　우도(宇土)성의 가을이 짙어가고 있었다. 낮은 언덕에 위치한 성
은 많은 나무들로 우거져 있었고, 이름 모를 풀벌레들도 전쟁을 슬
퍼하는 듯 구성지게 울었다. 때마침 불어오는 바람에 낙엽들이 뒹굴
었다.
　전쟁터를 질주하며 포효하던 가토 기요마사도 가을 분위기는 어
쩔 수 없는지 쓸쓸함으로 몸을 움츠렸다.

낙엽이 뒹구는 우도성 터

　지루한 전투가 이어지던 순간, 가토 기요마사 군대의 철통같은 감시망을 뚫고 두 명의 첩자가 달아났다. 칠흑같이 어두운 밤이기에 가능했다. 그들은 작은 나룻배를 타고 아리아케(有明) 해(海)를 통해 우도성 잠입에 성공했다. 행색은 영락없는 거지꼴이었다. 그들은 고니시의 가신 가토 요시시게(加藤吉成)와 호가 신고(芳賀新俉)였다.

　"마님! 장군!"

　고니시 유키나가의 부인 쥬스타(세례명)와 유키나가의 동생이자 대리 성주인 고니시 유키가게(小西行景)는 그들의 행색에서 사태를 간파할 수 있었다.

　가신들은 부르르 떨면서 고니시 유키나가의 친필 편지를 대리 성주에게 전했다. 편지를 펼쳐든 고니시 유키가게의 손도 떨리기는 마찬가지였다.

　"서군이 동군에게 대패했노라. 더 이상의 농성은 필요 없다. 가토 (加藤)에게 투항하라. 단 한 사람의 인명피해가 없도록 해라."

　설상가상. 가토 진영에서 전갈이 왔다.

　"한 사람에게만 책임을 묻겠다. 대리 성주 고니시 유키가게는 할

고니시 유키나가가 축성했던 야쓰시로성의 터

복(割腹)하라. 그러면 모든 사람들의 목숨을 부지해 주겠다."

"도련님! 저들이 패전 소식을 어찌 이토록 빨리 알았을까요? 혹시
가토와 호가가 먼저 알렸을까요?"

"형수님! 그럴 리가 없습니다. 저들은 절대로 배신할 사람들이 아
닙니다."

"하긴…, 그렇다고 해도 며칠 차이겠지요. 괜히 충성스러운 사람
들을 의심했군요."

사람이 약해지면 의심도 많아지는 법. 고니시의 부인 쥬스타는 이
미 각오하고 있었던 일이기에 더욱 빨리 체념을 했다. 그리고 앞으
로 닥칠 운명에 대해서 생각해봤다. 전쟁이라는 무모한 일에 의해서
남편과 같이 살아온 날이 손을 꼽을 정도가 아닌가. '이제 하늘에서
남편과 많은 시간을 같이할 수 있다'는 생각이 오히려 기쁨으로 다
가왔다.

결국 성문이 활짝 열렸고, 고니시 유키나카의 동생 유키가게(行
景)의 할복으로 경쟁자의 성(城)은 완전히 무너지고 말았다.

"청년 시절부터 그 사내가 싫었다. 그 사내가 세상을 살아가는 방식도 싫었다. 그러나 그렇게 싫은 사내와 더불어 같은 주군을 섬기지 않을 수 없었던지라 오늘까지 이러지도 저러지도 못하고 살아온 것이다.

기요마사(淸正)는 어찌된 영문인지 오랜 세월의 숙적을 쓰러뜨렸다는 희열을 전혀 느끼지 못하는 자기 자신을 발견했다. 도리어 그 숙적을 동정하는 기분마저 가슴 속에 퍼졌다. 모든 것이 허무하고, 모든 것이 덧없음을 이때만큼 뼈저리게 느낀 적은 없었다. 그는 싸리나무 옆에서 쪼그리고 앉은 채 한참 동안 풀벌레 소리에 귀를 기울였다.

'모든 것이 헛되도다'라는 경문의 한 구절이 그의 마음속에 뚜렷이 되살아났다."

이 내용은 엔도 슈사쿠(遠藤周作)의 소설 『숙적』을 바탕으로 필자가 직접 역사의 현장을 방문해서 요약·재구성해본 것이다.

오늘날 승자의 성(城)은 화려한 모습으로 관광객을 맞고 있으나, 패자의 성(城)은 흔적만 남아있을 뿐 존재감이 없다.

'인생사 모두 이러한 것일까.'

예나 지금이나 사람이 살아가는 데 있어서 수많은 경쟁자와 만난다. 그리고 운명적인 숙적(宿敵)을 만나기도 한다. 하지만 어떠한 경우라도 선의의 경쟁이어야 한다. 선(善)을 넘어 악행(惡行)으로 치닫는 경쟁은 하지 말아야 할 것이다. 악행(惡行)은 다시금 재앙(災殃)이 되어 자신은 물론 후대로 이어지기 때문이다.

(2016-11-04)

일본 26성인의 언덕에서

나가사키(長崎)역에서 육교를 건너 비탈길을 오르면 역사의 아픔을 느낄 수 있는 조그마한 공원을 하나 만날 수 있다. 다름 아닌 일본 26성인(聖人)의 순교지다. 이곳은 자신의 종교와 관련이 없더라도, 우매(愚昧)한 권력자의 폭거(暴擧)에 의해 억울하게 희생당한 사람들의 눈물겨운 발자취를 인지할 수 있어 한 번쯤은 가볼 만한 곳이다.

공원 입구에는 안내판과 함께 루이스 프로이스(Luis Prois)의 기념비가 서 있다. 프로이스는 1563년에 일본에 들어간 포르투갈인 선교사다. 1597년에 생을 마칠 때까지 이곳 나가사키(長崎)에서 『일본사』를 집필했다. 그가 직접 조선에 오지는 않았지만, 그 책에는 임진 왜란에 대한 내용도 꽤나 많이 들어있다. 고니시 유키나가의 요청에 의해 조선에 파견된 신부로부터 받은 편지나 보고서도 거기 서술돼 있다.

니시자카 언덕의 루이스 프로이스 기념비

일본에 기독교를 처음 전파(1549년)한 사람은 프란시스코 사비에르(Franciso de Xavier, 1506~1552)이다. 그는 1550년 8월에 나가사키의 히라도(平戸)에 들어가서 선교 활동을 했다.

이후 일본의 기독교는 1587년 도요토미 히데요시(豊臣秀吉)에 의해 신부들의 추방령이 내려졌고, 1597년 2월 5일 마침내 대사건이 벌어지고 말았다.

도요토미 히데요시의 명(命)에 의해 바로 이곳 나가사키(長崎)의 니시자카(西坂) 언덕에서 가톨릭 신부·신도 등 26명이 무참하게 처형됐던 것이다. 히데요시는 임진왜란을 일으켜 조선을 침략한 일 외에도, 신앙을 이유로 처형의 명(命)을 내린 일본 최초의 권력자라는 메달을 목에 걸었다. 그는 420년이라는 긴 세월이 흐른 오늘날에도 그 불명예를 씻지 못한 채 여전히 준엄한 역사의 심판을 받고 있다. 그래서 역사는 무서운 것이다.

이 26성인(聖人)은 일본인이 압도적으로 많은 20명, 스페인인이 4명, 포르투갈과 맥시코인이 각 1명이다. 일본인 성인에는 12세,

13세, 14세의 어린이가 세 명이나 들어있다. 최초 24명은 이미 교토 (京都)와 호리가와(堀川) 거리(通)에서 왼쪽 귓불이 잘린 상태였다. 히데요시(秀吉)는 애초 이들의 코와 귀를 베라고 했으나, 부하들의 배려로 귓불만 잘린 것이다. 이들이 처형당하기 위해 나가사키로 오는 과정도 험난했다. 오사카(大阪)·교토(京都)를 출발해서 나가사키 (長崎)까지 도보로 1,000km를 끌려왔던 것이다. 그들을 돕기 위해 따라오던 베드로와 프란시스코가 체포돼 24명과 합류하는 불운을 당했다.

추운 겨울. 처형자 행렬에 낀 12세의 소년 '루도비코 이바라기' 등 아이들의 가엾은 모습에 마음이 아팠던 인솔 책임자는 "기독교를 버리면 살려 보내주겠노라"고 아이들을 달랬다. 하지만 아이들은 단호하게 거절했다. 수도원에서 사환으로 일하던 소년들은 애초 처형자 명단에서 제외됐으나, 스스로 '순교자의 길'을 택했다. 어린 나이에 순교의 의미나 알고 있었을까.

처형장은 나가사키(長崎)의 '니시자카(西坂)' 언덕. 그날따라 안

개가 자욱했다. 사람들의 마음도 안개 속에서 앞을 가늠하지 못했다. 히데요시(秀吉)의 수하들은 나가사키 시민들의 동요(動搖)가 두려워 외출금지 명령까지 내렸다. 그러나 힘의 논리는 한계가 있었다. 4,000명이 넘는 군중이 몰려들어 순교자들의 마지막 가는 길을 배웅했다. 특히, 전설처럼 들리는 '루도비코 이바라기'의 마지막 모습이 사람들의 가슴을 뭉클하게 했다.

"내 십자가는 어디에 있나요?"

2명의 숙부와 함께 순교한 루도비코 이바라기는 '자신의 몸을 의탁할 십자가는 어디에 있느냐?'면서 자신의 십자가를 향해 뛰어갔다. 아무리 생각해도 철부지 소년의 행동 그대로다. 이바라기는 십자가에 묶인 후에도 몸과 손가락을 움직이면서 "천국, 예수, 마리아!"라고 말하면서 기뻐했다는 것이다.

후일 이들의 유해는 많은 사람들의 손에 의해 수습돼 '일본 최초의 순교자'라는 이름으로 세계 곳곳으로 보내졌고, 루이스 프로이

가톨릭 순례지 기념석

스 신부 등이 로마 교황청에 보고해 1862년 6월 8일 로마 교황청의 비오(Pius) 9세에 의해서 성인(聖人)의 반열에 오르게 됐다. 이어서 1950년, 로마 교황청 비오(Pius) 12세는 이곳을 가톨릭교도(教徒)의 공식 순례지로 지정했다.

수백 년이 흐른 1981년 2월 26일 오후 3시 20분. 교황 요한 바오로 2세(1920~2005)가 이곳 순교지(殉教地)를 방문했다. 그날은 전날부터 내린 눈으로 니시자카(西坂) 공원이 온통 하얀 눈으로 뒤덮인 은세계(銀世界)였다. 교황은 양손으로 얼굴을 감싸고 깊은 기도를 했다. 기도를 마친 다음 교황은 사람들에게 이렇게 말했다.

"여러분! 오늘 우리들은 나가사키의 니시자카(西坂) 순교자 언덕에 섰습니다. 26성인은 죽은 것이 아니고, 하느님을 위한 최고의 찬미(讚美)를 드린 것입니다. '한 알의 밀알이 땅에 떨어져 죽지 아니하면 한 알 그대로 있고, 죽으면 많은 열매를 맺느니라'라고 한 요한복음 12장 24절의 말씀처럼, 26성인은 죽음을 통해 풍성한 열매를 맺었습니다. 이 언덕에서 성인(聖人)들은 각계각층의 사람들에게 '사랑은 죽음보다 강하다'는 것을 증명했습니다."

그렇다. 26성인은 결코 죽지 않았다. 420년 전의 어둡던 시절에 이미 세계인을 향해 그리스도교의 본질을 드높이 외쳤다. 이들의 염원을 영원히 기리기 위해 높이 5.6m, 폭 17m의 조각품도 세워졌다.

이 조각품은 성인 추대 100년을 기념하는 날 26성인 기념관과 함께 세워진 기념비다. 기념관의 설계자는 와세다대학 출신의 건축가 이마이 켄지(今井兼次, 1895~1997) 씨였고, 기념상은 도쿄예술대학교 출신의 세계적인 조각가 후나코시 야스다케(舟越保武, 1912~2002) 씨가 4년 반에 걸쳐서 완성했다.

조각품에 새겨진, 다리를 들고 수직으로 서 있는 성인들의 모습은 '다 같이 찬송가를 부르며 승천(昇天)하는 것을 의미하고 있다'고 했다. 조각품의 26성인들이 모두 정장(正裝)을 하고 있으나, 실제로는 남루한 복장의 초라한 모습이었고, 왼쪽 귓불이 잘린 상태로 순교했다고 전해지고 있다.

이 기념비에는 "누구든지 내 뒤를 따르려면, 자신을 버리고 제 십자가를 지고 나를 따라야 한다"는 성경 말씀(마르코의 복음 8:34)이 새겨져 있다.

전남대 역사탐방팀(단장 황상석 박사)과 함께 26성인 기념관에 들어가 권 비센떼(Vicent Caun, 권 빈첸시오)의 기록을 찾았으나, 한국인 순교자 명단 리스트만 받았을 뿐 아무런 소득도 올리지 못했다. 물론, 시간이 짧았던 탓도 있었다. 기념관에서 한국인 수녀님들과 잠

시 마주쳤으나 말을 걸 기회를 포착하지 못해 옷깃을 스치는 인연
으로 끝이 나고 말았다.

기록에 의하면 권 비센떼는 임진왜란 당시 일본군 선봉장 고니시
유키나가(小西行長)에게 붙잡혔다. 그런데 그를 일본으로 데려간 사
람은 스페인 신부 세스페데스(Gregorio de Céspedes, 1551~1611)다.
그는 천주교도였던 고니시 유키나가의 요청으로 임진왜란 때 조선에
들어왔다. 기록상으로 조선을 최초로 방문한 서양인이다.

세스페데스 신부를 따라 일본에 간 권 비센떼는 신학교에 입학
해 선교사 수업을 받았다. 당시 일본에서는 나가사키에서 1593년에
300여 명, 1594년에 2,000명 이상의 조선인이 세례를 받았다. 놀라운
사실은 이들이 돈을 모아 나가사키에 '성 로렌조'라는 이름의 조선인
성당을 건립하기도 했다는 사실이다. 그들은 조선 포로라는 비참한
생활 속에서도 자신의 신앙을 지키기 위해 노력했던 것이다.

일본을 천하 통일한 도쿠가와 이에야스도 1612년 기리스탄 금지
령을 발표한 이후 지속적으로 천주교를 탄압했다. 중국에서 돌아온
이후에도 일본에서 포교에 매진하던 권 비센떼는 나가사키 시마바

라(島原)에서 체포되어 모진 고문에도 굴하지 않고 니시자카(西坂) 언덕에서 46세의 나이로 화형당했다. 1626년 6월 20일의 일이다.

이러한 내용을 뒷받침하는 사실을 하나 추가로 찾아냈다. 26성인 기념관 홈페이지에 있는 파시오(Pasio) 신부의 〈규슈 지역 조선인에 관한 편지〉(1594년 10월 20일자)이다. 편지의 내용을 그대로 옮겨본다.

규슈(九州) 지방에는 많은 조선 사람들이 있습니다. 그들은 일본인과 치른 전쟁(임진왜란)에서 일본인에 의해 포로가 된 것입니다. 조선인은 사려가 깊고 우리의 성스러운 신앙을 받아들일 능력을 갖춘 사람들이므로 관구장 페드로 고메스께서는 중국인이 사용하는 것과 동일하며, 일본에서도 사용되는 그들의 언어를 읽고 쓸 수 있는 사람들을 찾도록 명령했습니다. 그들은 일본어를 습득한 후에 가톨릭 교리를 잘 배우고, 그들의 언어로 그것을 요약하며 기도문을 조선어로 번역했습니다. 그로 인해 조선인이 가톨릭 교리를 쉽게 습득하게 하기 위한 것입니다. 올해 2천 명 이상의 조선인이 세례를 받을 정도로 대단한 수확을 얻었습니다. 그들은 일반적으로 이해력이 높고 하느님과 우리의 성스런 신앙에 대해 즐거이 들으며, 이해하기 어려운 점과 의문점을 제시합니다. 그 결과 조선인에게 가톨릭 교리를 가르칠 때 참가하는 일본인들이 '조선인이 우리의 성스런 신앙을 받아들일 때, 일본인에게 어떤 점에서도 뒤지지 않는다'고 말할 정도로 그들은 실로 대단한 이해력을 가지고 있으며, 의문점과 질문이 나오고 그들이 그 의문을 해결하는 것에 대해 칭찬하고 있습니다.

원폭(原爆)의 도시 나가사키(長崎)는 참으로 많은 사연과 문화와 역사를 안고 있는 곳이다. 일행들과 함께 니시자카(西坂) 26성인 기념상을 내려오려는 순간, 많은 일본 학생들이 모여들고 있었다.

몇몇 학생들은 "내 십자가는 어디에 있나요?"를 되뇌며, 12세의 성인 루도비코 이바라기의 조각상(像)에 카메라의 렌즈를 맞추고 있었다.

(2013-02-19)

희망과 굴절, 비애의 나가사키 항

우리에게는 추억 속으로 사라졌지만, 나가사키(長崎)에는 아직도 노면 전차가 달리고 있다. 요금은 성인 기준으로 120엔(한화 1,200원)이나, 일일 회수권을 500엔(5,000원)에 사면 종일 마음대로 타고 내릴 수 있다. 대부분의 역이 주요 관광지와 인접해 있어서 이용에 편리하다.

　필자는 얼마 전 나가사키역 앞에서 전차를 탔다. 데지마(出島) 전역(前驛)인 오하토(大波止)에서 내려 니시하마(西浜)를 향해 언덕길을 올랐다. 날씨가 더워서 걸음을 멈추고 땀을 닦던 중 나가사키 현청(縣廳) 제3별관 건물 벽면 앞에 세워진 작은 표지석[石碑] 하나가 필자의 눈에 들어왔다. 거기에 생소한 글이 쓰여 있었다.

　표지석에는 '남만선(南蠻船) 내항(來航)의 부두[波止場] 터'라고 적혀 있었다. 아주 먼 옛날에는 정취 어린 바닷가였으나, 매립공사에

의해서 지형이 달라진 것이다. 표지석 옆 안내판의 짧은 글 속에 나가사키 항구의 희망과 굴절, 비애가 고스란히 담겨 있었다.

> 1571년 포르투갈 선박과 포르투갈인(人)이 빌린 중국 선박이 처음으로 나가사키 항에 들어왔다. 이후에도 포르투갈 선박은 매년 내항하여 나가사키는 국제적 도시로 급속하게 발전했다. 당시 이곳은 기다란 곶(串)의 앞부분이었다.
>
> 1582년 '이토(伊東) 만쇼', '지지와(千千石) 미게루', '나카우라(中浦) 줄리안', '하라(原) 마르치노'라는 4명의 덴쇼(天正, 1573~1591) 소년사절단이 로마를 향해 출발한 곳이었다.
>
> 1614년 다카야마 우콘(高山右近)과 나이토 조안(內藤如安) 등 가톨릭 신자들이 마닐라와 마카오로 추방된 곳도 이 부두였다.

일본에서 일컫는 남만선(南蠻船)의 개념은 중국의 그것과는 다소 차이가 있다. 일본에서는 포르투갈이나 스페인 등 유럽에서 오는 선박을 '남만선'이라 했으나, 중국은 남방에서 오는 모든 선박을 총칭해

남만선 모형(아마쿠사 콜레지오 박물관)

서 '남만선'이라 했다. 표지석의 글을 따라 역사 속으로 들어가 본다.

1563년 코스메 드 토레스(Cosme de Torres, 1510~1570) 신부로부터 세례를 받은 오무라 스미다테(大村純忠, 1533~1587)는 일본 최초의 크리스천 다이묘(大名)였다. 토레스(Torres)는 스페인 출신으로 프란시스코 사비에르(1506~1552)와 함께 일본에 입국한 예수회 소속의 선교사이다.

오무라 스미다테는 1570년 나가사키의 개항을 승인했다. 그 결과 나가사키에 포르투갈 배가 정기적으로 내항하게 됐다. 나가사키가 세계를 향한 뱃길을 활짝 연 것이다. 하지만 역사는 그에게 평탄대로의 길을 걷도록 허락하지 않았다. 1572년 다른 성주(後藤·松浦·西鄕)들의 공격이 계속됐고, 나가사키 최초의 교회가 화염에 휩싸이기도 했다.

그런 가운데서도 오무라(大村)는 신념을 잃지 않고 예수회의 부강을 위해 헌신적으로 노력했다. 그의 영지에는 6만 명이 넘는 신자가 있었다. 이는 당시 일본 전체 신자의 절반에 이르는 엄청난 숫자였다.

지병으로 몸이 쇠약해진 오무라는 1587년 6월 23일 '신부 추방령'이 내려지기 전날 생을 마감했다. 죽기 하루 전 '새장에 키우던 새 한 마리를 하늘로 날아가게 했다'는 이야기가 유명하다. '새를 함부로 다루는 시녀를 꾸짖었다'는 일화도 감동적이다.

"새는 제우스(Zeus) 님이 만든 것이므로 항상 가엾게 생각해라. 앞으로는 애정을 가지고 대하도록 하라."

모두가 루이스 프로이스(Luis Frois, 1532~1597)의 『일본사』에 수록된 내용이다. 그의 종교관이 그대로 드러나 있다.

로마로 떠난 덴쇼(天正) 소년사절단은 어떤 조직일까? 일본의 첫 크리스천 다이묘 오무라 스미다테(大村純忠)는 일본의 미래를 위해 소년들을 유럽에 보내는 일에도 착수했다. 그 결과 자신을 비롯하여 지역 영주 아리마 하루노부(有馬晴信), 오토모 소린(大友宗麟)과 협의해서 4명의 소년을 선발했다. 이 중에서 3명은 오무라(大村)의 연고자였다. 4명의 소년들은 1582년 나가사키 항에서 열렬한 환송을 받으며 희망의 나라 로마로 떠났다.

소년들은 로마에서 교황 접견 등 환대를 받으며 8년의 세월을 체재한 후 1590년 일본에 귀국했다. 유럽의 여러 나라에서 그리스도교가 융성한 것을 직접 목격한 그들은 신부가 되려고 했다. 1591년 7월 25일 아마쿠사(天草)에 있는 콜레지오(Collegio) 부속 수련원에 입교했다. 이들의 유럽 파견을 실질적으로 주도했던 알레산드로 발리나뇨(1539~1606) 신부는 아마쿠사(天草)에 있는 콜레지오의 감사를 거

아마쿠사 콜레지오 박물관의 덴쇼
소년단 안내 입간판

쳐 두 번째 원장을 지내기도 했다.

안내판의 그림은 그들의 유럽 파견 당시, 독일에서 발행된 신문기
사다. 원본은 교토(京都)대 부속도서관에 소장돼 있다.

하지만, 이들의 꿈은 애초 계획대로 펼쳐지지 못했다. 막부의 크
리스천 탄압 정책 때문이다. 아마쿠사 콜레지오 박물관에 근무하는
우와쿠치 히로코(上口浩子) 씨의 말이다.

"이토(伊東) 씨는 1612년 병사했고, 지지와(千千石) 씨는 1633년 사
망했습니다. 하라(原) 씨는 1629년 마카오에서 병사했고, 나카우라
(中浦) 씨는 1633년 나가사키에서 순교했습니다. 그들은 자신들이 꿈
꿨던 세상을 만나지 못하고 각기 다른 길을 걷다가 하늘나라로 간
것입니다. 먼 옛날의 일이지만 슬프기 짝이 없습니다."

그렇다. 슬픈 일이다. 안내판 상단에 쓰여 있는 '유구(悠久)의 시대
를 넘어'라는 문구가 함축된 의미를 내포하고 있었다.

이러한 역사의 소용돌이에서 다카야마 우콘(高山右近, 1552~1615)
을 빼놓을 수 없다. 그는 도요토미 히데요시(豊臣秀吉)의 명령에도

필리핀에 있는 다카야마 우콘의 동상

불구하고 기독교를 버리지 않았던 인물이다. 그가 숨어 지내던 가가(加賀) 현에는 1,500명의 신자들이 몰려들었다. 다카야마 우콘은 1614년 막부의 선교사 추방령에 의해 여러 나라의 국적을 가진 기독교인 350명과 필리핀의 마닐라로 추방됐다. 그들이 단체로 추방된 곳이 바로 표지석이 서 있는 나가사키 항구였던 것이다.

그해 12월 중순에 마닐라에 도착한 다카야마 우콘은 열병으로 도착 40일 만에 사망하고 말았다. 350명 중에는 조선인 수사(修士) '가이오(Caius)'도 있었다. 그는 임진왜란 때 포로로 끌려간 사람이다. 본명은 알려지지 않고 세례명 '가이오'로만 알려져 있다. '가이오'는 필리핀에서의 꿈이 좌절되자 1616년 일본으로 돌아와 선교 활동을 계속했다. 그러던 중 옥살이를 하는 신자들을 위문하러 갔다가 붙잡혀서 나가사키에서 화형을 당하고 말았다. 1624년의 일이다.

필자가 지난해 필리핀 마닐라에서 다카야마 우콘의 동상을 찾은 적이 있었다. 고속도로 공사로 인해 보호대를 감고 있는 그의 동상을 보면서 역사의 무상함을 느꼈다.

다카야마 우콘의 동상은 1977년 11월 17일 일본과 필리핀의 합의로 세워졌다. 그 과정에서 많은 반대도 있었으나 세우는 쪽으로 결론이 내려졌다. 이 또한 '유구(悠久)의 시대를 넘어서' 벌어진 애절한 사연이다.

지금은 아스라이 잊힌 400여 년 전의 일들이지만, 그들의 궤적은 기록에 의해서 소곤소곤 우리에게 전해지고 있다. 그래서 기록이 중요한 것이다.

(2017-08-07)

천년 고도, 교토京都의 상처

일본에서 크리스천의 순교지라고 하면 대부분 규슈의 나가사키(長崎)로 알고 있다. 하지만, 천년 고도 교토(京都)도 순교로 인한 깊은 상처를 안고 있다. 필자는 많은 사람들이 순교를 당했던 교토의 가모가와(鴨川)로 가기 위해 택시를 탔다. 400년 전 역사의 흔적을 찾기 위해서다.

"가모가와 5조(5条) 가와라(河原)로 갑시다."

택시 운전사는 고개를 갸웃하면서도 필자의 요구대로 차를 몰았다. 곤도 쇼헤이(近藤聰平)라는 씩씩한 운전사였다.

"혹시, 특별한 목적이 있으신가요?"

그는 조심스럽게 물었다.

"400여 년 전 처형장(處刑場)의 흔적을 찾아보려고 합니다."

그는 계속해서 납득하기 어렵다는 표정으로 "제가 운전을 한 지

에도막부에 의한 크리스천 박해 시기의 순교 터 비석

도 제법 오래되었습니다만, 처형장을 찾는 분은 손님이 처음이십니다. 실례지만 어디에서 오셨나요?" 하고 물었다. 필자가 피식 웃으면서 "한국에서 왔다"고 말하자 그는 깜짝 놀랐다.

"아니, 한국인이 무엇 때문에 일본인들도 모르는 처형장을 찾으시려고 합니까?"

"그저 궁금해서요."

이런저런 대화를 하면서 골목길을 돌고 돌아 가모가와(鴨川)에 다다랐다.

강물은 잔잔하게 흐르고 있었다. 바람도 시원했다. 도로변에 작은 석비(石碑)가 하나 있어서 들여다봤다.

'겐나(元和) 크리스천 순교의 지(地).'

겐나(元和, 1615~1624)는 일본의 연호다. 에도(江戶) 막부에 의해 당시 크리스천들이 철저히 탄압당했던 시절이다. 1619년 이 자리에서 55명이 순교했다. 그들은 장작더미 위에서 27개의 십자가에 겹겹이 묶여 하늘나라로 갔다고 한다. 얼마나 고통스러웠을까. 그중에서

무라카미 시즈요(村上靜代)의 시비

도 유독 가슴 찢어지는 슬픈 사연 하나가 강물처럼 흐르고 있다.

순교자 중에 '하시모토 테클라'라는 여성이 있었다. 그녀는 임신한 몸으로 3세, 8세, 11세의 어린아이와 같은 십자가에 묶여 불타 죽었다. 천국에서의 재회를 맹세하며 아이들을 격려하면서 '예수, 마리아'를 외치면서 숨을 거두는 순간까지 팔에 안긴 아이들을 놓지 않았다.

이 내용은 당시 교토에서 살던 영국 상인 리처드 콕스가 쓴 편지에 기록돼 있는 것으로 알려져 있다. 필자는 또 다른 흔적들을 찾아보기 위해 강둑을 걸었다. 풀잎 사이에 작은 시비(詩碑) 하나가 숨어 있었다. 자세히 들여다보니 다음과 같은 글이 새겨져 있었다.

하나의 꽃을 보면서
서성대다 보면
가모 강변에 다다르네
(강에는) 물새가 춤을 추도다.

고니시가 처형당한 교토의 강변

무라카미 시즈요(村上靜代)의 노래가 새겨진 비(碑)였다.

순교의 개념과는 다르지만 418년 전 이곳에서 벌어진 역사적 사실이 또 하나 있다. 역사 속으로 들어가 본다.

동군의 총대장 도쿠가와 이에야스(德川家康)는 '세키가하라 전투(関ヶ原の戦い)'에서 승리의 나팔을 불었다. 이시다 미쓰나리(石田三成)가 체포된 것은 5일 후인 9월 21일이었다. 고니시 유키나가(小西行長)와 안코쿠지 에케이(安国寺恵瓊)는 이미 체포되어 감옥에 갇힌 상태였다.

1600년 10월 1일. 눈에 핏발이 선 이에야스(家康)는 고니시(小西)를 바라보며 목소리를 높였다.

"할복하라! 장군으로서의 마지막 모습을 거룩하게 보여라!"

"싫소. 나의 목을 치시오. 기리스탄(크리스천)인 나는 하느님께서 주신 목숨을 스스로 끊을 수가 없소이다."

"저, 저런…, 저놈의 목을 쳐라."

절박한 순간, 곁에 있던 정토종 승려가 고니시의 머리 위에 경문을 갖다 대려고 하자, 그는 소리를 버럭 질렀다.

"크리스천에게 불경을 읊다니…, 불경 따위는 필요 없다. 고해성사를 하고 싶다. 구로다 나가마사(黑田長政, 1568~1623)를 불러 달라."

"안 된다. 사제를 불러오는 것은 허락할 수 없다."

서로 실랑이가 벌어졌다. 죽음을 앞둔 순간이었다. 다시 고니시가 입을 열었다.

"그렇다면 포르투갈 왕비 오스트리아의 마르가리타(Margarita de Austria-Estiria)로부터 선물 받은 예수와 성모 마리아의 성상(聖像)이라도 주시오."

마지못해 도쿠가와 이에야스는 고니시의 마지막 소원을 들어줬다. 고니시는 자신의 머리에 성상을 세 번 댄 뒤에 참수됐다. 할복 자결을 거부하고 효수(梟首) 당했던 것이다. 도쿠가와 이에야스는 마지막 명(命)을 내렸다.

"고니시의 목을 산조오하시(三條大橋, 현 교토시의 동서 통로인 다리)에 걸어라."

도쿄의 5조(5条) 가와라(河原)는 예로부터 권력자에 반항한 정치인·종교인들이 처형당했던 곳이다.

다리 위에서 강을 내려다봤다. 강물은 옛 상처를 기억조차 하지 못하는 듯 평화롭게 흐르고 있었다. 강물 따라 유영(遊泳)하는 물새들을 보면서 발걸음을 옮겼다. 하늘은 더없이 맑고 푸르렀다.

(2018-05-30)

규슈의 사키쓰崎津 교회

일본에서는 좀처럼 교회를 보기 어렵다. 그러나 규슈(九州)의 나가사키(長崎)나 아마쿠사(天草) 등에는 기독교 관련 유적지와 교회가 적지 않다. 한때 꿈결처럼 번영했던 일본 교회가 250년의 탄압과 잠복기를 거쳐서 그나마 기적적으로 부활한 것이다. 특히, 아마쿠사 지역의 잠복(潛伏) 크리스천은 금교(禁敎) 시대에도 은밀하고도 눈물겹게 자신들의 신앙을 이어왔다.

이러한 역사를 바탕으로 사키쓰(崎津) 가톨릭교회가 나가사키(長崎)의 크리스천 관련 유적들과 함께 세계문화유산 후보에 올라 이목을 집중시키고 있다.

필자는 이에 대한 간단한 정보를 안고 아마쿠사의 혼도(本渡) 버스 터미널에서 택시를 탔다. 택시가 고개를 넘고 산허리를 돌아 해변으로 진입하자 작은 어촌이 눈에 들어왔다.

사키쓰 성당

　시골 처녀처럼 순박해 보이는 어촌에 높은 고딕 건물이 우뚝 서 있고, 하얀 십자가가 하늘을 향하고 있었다. 택시에서 내려 골목길로 들어섰다. 차량이 통행할 수 없는 좁은 골목이었다. 교회 입구에는 '사키쓰(崎津) 가톨릭교회'라고 한자와 일본어로 쓰여 있었다. 사키쓰(崎津)는 이 마을의 이름이다.

　세계유산(世界遺産)은 어떻게 분류되고 선정되는 것일까. 세계유산은 문화유산, 자연유산, 복합유산 등 세 가지로 분류된다. 사키쓰(崎津) 교회는 바로 '문화유산'에 해당한다. 당시 외국의 선교사들이 사키노쓰(Saxinoccu)로 불렀던 사키쓰는 전국시대 이후에 형성된 작은 어촌이다. 바다를 통한 접근이 좋고 은밀한 곳이라서 기독교 전래와 포교의 거점이 됐던 것이다.

　아마쿠사 시(市) 세계유산추진실 야마우치 료헤이(山內亮平) 씨는 "아마쿠사의 사키쓰 마을은 동(東)중국해로 들어가는 요카쿠만(羊角灣)의 북쪽 해안인 관계로, 좁은 땅임에도 불구하고 생업을 효율성 있게 영위하기 위한 토지의 효율성 극대화에 노력한 곳"이라면서

사키쓰의 부두

"자연의 혜택이 풍부한 어촌마을로 2011년 일본 정부로부터 중요 문화적 경관으로 선정됐다"고 말했다.

그의 말대로 사키쓰는 아름다운 어촌이었다. 이 마을의 도로와 해안 접안시설, 신앙의 장소 등이 옛날 그대로 고스란히 남이 있었다. 교회 앞에는 신사(神社)도 있었다. 동서양의 문화는 물론 불교·신도·기독교가 공존하고 있는 곳이었다.

필자가 교회 입구에서 취재하는 동안 많은 사람들이 드나들고 있었다. 이 교회가 세계문화유산 후보에 오른 후 일본 전국은 물론 해외에서도 관광객들이 많이 찾는다고 했다. 교회 입구에 한 서양인 신부에 관한 기록이 있었다.

프랑스인 하르프(Halbout, 1864~1945) 신부에 대한 비(碑)였다. 그는 1928년 12월 이 교회의 사제로 부임해서 크리스천 탄압이 극심하게 행해졌던 자리에 교회의 개축(改築)을 강력하게 주장했던 인물이다. 1883년에 세워졌던 이 교회는 그에 의해 1934년 같은 자리에서 새로운 모습으로 재탄생해 오늘에 이르렀다. 하르프 신부는 1945년

하르프 신부 기념비

1월 81세의 나이로 영면했고 이곳에 묻혔다.

거슬러 올라가면 아마쿠사의 교회 역사가 꽤나 길다. 아마쿠사는 1566년 루이스 드 아르메니다(Luís de Almeida, 1523~1583) 수도사에 의해서 포교가 시작됐다. 그는 의사로서 일본에 최초로 서양 병원을 설립한 인물이기도 하다. 아르메니다는 일본에 종교와 의술을 전해준 인물로 널리 알려져 있다. 그의 동상과 기록은 이 지역의 박물관이나 기념관에서 수시로 접할 수 있다.

아마쿠사는 한때 크리스천 번영의 시기를 맞기도 했다. 그런데, 1638년 막부의 금교령에 의해 이곳은 다른 지역보다 심한 박해의 비바람을 맞게 되었다.

"아주 옛날에 덴쇼아마쿠사(天正天草)라는 전투가 있었습니다. 고니시 유키나가(小西行長)와 가토 기요마사(加藤清正) 군에 의해서 영주 시키(志岐)가 멸망했음에도 불구하고, 고니시의 통치하에서 이 지역은 가톨릭이 부흥했습니다. 히데요시(秀吉)가 천주교 탄압을 하는 가운데서도 그가 조선 침략에 정신이 없는 관계로 천주교의 박해가 뜸해졌던 것입니다. 1592년 아마쿠사(天草) 지방에는 60여 개의 교회와 3만 3,000명에 달하는 신도가 있었습니다."

아마쿠사 시(市) 문화과에 근무하는 나카야마 게이(中山圭) 씨의 설명이다. 나카야마(中山) 씨는 '가톨릭 다이묘 고니시 유키나가(小西行長)가 세 번에 걸쳐서 아마쿠사를 방문한 기록이 있다'고 말했다.

엄숙한 분위기인 교회 내부로 들어서자 일본의 전통인 다다미[畳] 위에 의자가 놓여 있었다. 이는 일본에서도 진귀한 일로 일본의 전통문화와 서양의 문화가 함께 어우러진 것이다. 이 또한 사키쓰 교회가 세계문화유산 후보에 오른 이유이다.

도요토미 히데요시(豊臣秀吉)로부터 시작된 금교 정책은 에도막부에 의해서 더욱 강화돼 1614년 공식적으로 금교령이 선포됐다. 그 결과 나가사키(長崎)와 아마쿠사(天草)에서만 1617년부터 1644년까지 선교사 75명이 처형되는 아픔이 있었다. 일본 최후의 순교자(1644년)는 장소는 다르지만, 고니시 유키나가(小西行長)의 손자인 고니시 만쇼(小西マンショ, 1600~1644)였다. 고니시 유키나가가 처형되던 해에 태어난 만쇼는 1628년 로마에서 사제로 서품됐다.

막부(幕府) 정부에 의해서 금지된 기독교도는 새로운 형태의 신자들을 탄생시켰다. 다름 아닌 잠복(潜伏) 크리스천이다. 그들은 남의 눈을 피해서 한밤중에 은밀히 모여 기도했다. 잠복 크리스천들은 생명이나 재산의 위험도 돌보지 않고 '신앙이야말로 훌륭한 보물이며, 행복의 원천이다'라고 확고히 믿고 있었다.

잠복 크리스천들은 자유롭게 신앙생활을 했던 시절의 신심회를 토대로 비밀 조직(Misericordia, Rosario 등)을 만들어서 활동했다. 그들은 다음과 같이 세 가지로 역할분담을 했다. 매년 축일을 결정하는 역할자(帳方), 세례를 하는 역할자(水方), 또 그들을 돕는 조수역(聞役)이다. 조직책은 취락마다 1명을 두고 세습제를 취했다.

잠복 크리스천들이 비밀 조직을 만들었지만 숨어서 신앙을 지키는 것은 결코 쉬운 일이 아니었다. 그 때문에 신자들은 여러 가지로 머리를 짜냈다. 평상시에는 불교도를 가장하기도 했고, 후미에(踏み絵, 그리스도나 마리아상을 새긴 그림을 밟는 일)를 서슴지 않거나, 승려를 불러서 장례를 치르고 난 후 다시 기독교식으로 참회의 기도[痛悔]를 했다. 이들은 이렇게 은밀하게 250년이라는 긴 세월 동안 신부도 없이 자신들만의 힘으로 기도하면서 신앙을 지켰던 것이다.

이 지역을 소재로 한 작품들이 많다. 2012년 발간된 『아마쿠사 회랑기, 숨은 크리스천』(示車右甫 作)은 1만 669명의 잠복 크리스천 중 5,205명이 적발된 1805년의 '아마쿠사 붕괴'를 다뤘다. 또 시바 료타로(司馬遼太郎, 1923~1996)의 『가도를 가다 - 시마바라·아마쿠사의 제도』도 최후에 사키쓰 마을과 교회를 방문했다. 그리고, 주제는 다르지만 1972~1973년 유명작가 야마타 다이이치(山田太一)의 소설을 영상화한 NHK의 TV소설 〈쪽빛보다 푸른〉은 평균 시청률 47.3%, 최고 시청률 53.3%를 기록하기도 했다. 이 작품은 태평양 전쟁 말기로부터 일본의 패전 후를 다룬 것으로, 아마쿠사를 무대로 했다. 이외에도 독자들과 시청자들의 인기를 끈 작품들이 수없이 많다.

사카쓰 교회의 역사 안내문

세계에 평화가 깃들도록 신에게 기도합시다. 자기 자신의 말로 기도해 주셔도 좋고, 교회의 입구에 놓여 있는 '기도의 서표'를 사용하셔도 좋습니다. 평화의 소원을 담고 신에게 기도할 때 이미 여러분은 '단순한 크리스천 꿈의 섬'에서의 역사 탐구자가 아닙니다. 평화로운 세계의 협력자이자 평화를 위한 순례자가 되시는 것입니다. 그리스도는 다음과 같이 약속하셨습니다.

'평화를 위해서 일하는 사람은 축복을 받으리다. 그들은 신의 아들로 불리는 것이다.'

필자는 '400명의 신자가 세계 평화를 위해 기도한다'는 사키쓰(崎津) 교회의 안내문을 뒤로하고 새로이 길을 나섰다. 평화의 순례자는 아니지만, 왠지 마음이 평온했다.

(2016-10-20)

일본 잠복潛伏 크리스천의 세계문화유산 등록

"잠복(潛伏) 크리스천이 유네스코(UNESCO) 세계문화유산에 등록되었다는 소식입니다."

일본의 지인 와타나베 아키라(渡邊章) 씨가 짤막한 문자 메시지와 함께 《니시니혼신문(西日本新聞)》 기사 하나를 필자에게 보내왔다. 7월 3일 조간신문에 게재된 기사였다. 기사의 내용을 그대로 옮겨본다.

"종교는 '아버지와 어머니'의 두 형태가 있다"고 작가 엔도 슈사쿠(遠藤周作, 1923~1996)는 썼다. 하느님 아버지가 자신을 배신한 사람을 분노·심판·처벌하는 것과, 이에 반해 어머니처럼 인간의 실수를 용서하고 슬픔에 손을 내미는 것이라고.

잠복(潛伏) 크리스천들에게 소중했던 것은 후자였다. 대대로 내려온 성화

엔도 슈샤쿠

(聖絵), 성상(聖像) 중에서 성모의 그림 '마리아 관음(観音)'이 많아서다. '어머니의 종교'를 더욱 필요로 했던 것이다.

순교자 같은 용기를 가질 수 없는 비애(悲哀)가 있다. 빚(負)이나 열등감도 있다. 후미에(踏み絵)를 강요당하는 괴로움과 그 다리의 통증, 고통의 여러 가지를 성모 마리아는 이해하고 용서해 준다. '그들은 그렇게 바랐다'고 작가 엔도(遠藤) 씨는 해석을 덧붙였다.

나가사키(長崎)와 구마모토(熊本)의 잠복 크리스천 관련 유산이 유네스코 (UNESCO) 세계문화유산에 등록됐다. 성직자 부재의 금교(禁教) 시대. 발각되면 엄벌에 처해지는 상황에서 200년 이상 비밀리에 이어간 신앙의 릴레이는 기적이었다.

이 역사에 '영웅'은 없다. 주인공은 농·어업에 종사하는 서민들이었다. 그들은 표면적으로는 불교를 가장하면서도 성모에게 구원을 청하기도 했다. 슬프고 나약한 환경 속에서도 믿음을 관철하는 힘이 하나의 마음으로 뭉쳐졌다. 이러한 보통 사람들의 이야기가 공감과 놀라움을 배가 (倍加)시킨다.

다른 한편으로 결정 후 후예(後裔)들에 의해서 엄숙한 종교 행위를 '관

밀랍인형으로 재현된 잠복 크리스천의
모습

광' '지역 진흥'과 세트로 거론되는 것에 대해 당황의 목소리도 새어나
온다. 흥행이 아닌 내면의 마음을 어떻게 보여줄까. 세계유산 등록과
동시에 안아야 할 어려움이다.

짧은 글이었으나 시사(示唆)하는 바가 컸다. 특히, "역사의 주인공
은 농어업에 종사하는 서민들이었다"는 것과 "엄숙한 종교 행위를
'관광' '지역 진흥'과 세트로 거론하는 것에 대해 걱정한다"는 것이
었다. 맞는 말이다. 이는 일본뿐만 아니라 우리에게도 해당한다. 세
계문화유산을 상업적으로 이용해서는 안 되기 때문이다.

일본의 기독교 역사는 1549년으로 거슬러 올라간다. 프란시스
코 사비에르(1506~1552)에 의해서 크리스천(가톨릭)이 많아졌으나,
1914년 도쿠가와 이에야스(德川家康, 1542~1616)의 금교령에 의해서
제동이 걸리고 말았다. 설상가상(雪上加霜). 1637년에 야기된 '시마바
라·아마쿠사의 난(島原·天草の乱)'으로 막부(幕府)의 강력한 제재에
의해 일본의 기독교가 뿌리째 뽑히고 말았다.

엔도 슈샤쿠의 소설을 영화한 한 〈침묵〉의 포스터

　　1644년 이후 일본에는 가톨릭 사제가 한 사람도 존재하지 못했다. 이러한 상황에서도 신자들은 그리스도교의 신앙을 버리지 않았다. 심지어 불교 신자로 위장하는 편법을 쓰기도 했다. 이들을 '잠복 크리스천'이라고 부른다. 잠복 크리스천은 지극히 소단위의 집단으로 비밀리에 기도문을 만들어서 암송했다. 이 기도문을 '오라쇼(라틴어 Oratio)'라고 했다. '기도'의 의미란다. '오라쇼'는 입에서 입으로 전해진 것으로, '뜻을 이해하는 것보다 함께 외우는 것에 의미를 부여했다'고 전해지고 있다. 어쩌면 그들만의 행동통일 강령이었던 듯싶다.

　　아무튼, 잠복 크리스천들은 메달이나 로사리오, 성상·성화, 십자가 등을 비밀스럽게 간직하고, 아이가 태어나면 자체적으로 세례를 주면서 자신들의 종교를 지켰다. 막부(幕府)시대가 종말을 고하고 메이지(明治) 시대에 종교의 자유가 시행된 뒤에도, 그들은 크리스천으로 복귀하지 않고 토속적 신앙의 형태로 전승하기도 했다. 나가사키(長崎)와 구마모토의 아마쿠사(天草) 지역의 사람들이다. 일본에서는 금교 시대의 신자들을 '잠복 크리스천'이라고 하고, 메이지 이후 토

속화된 신자들을 '숨은(隠れ) 크리스천'으로 구별하고 있다.

　이러한 신자들의 역사와 믿음에 대한 가치가, 6월 30일 중동의 바레인에서 열린 제42회 세계문화유산위원회에 의해서 정식으로 등재된 것이다.

　후미에(踏み絵)는 에도(江戸) 막부가 그리스도나 성모 마리아의 성화를 밟게 하여 신자를 색출하는 방법이었다. 잠복 크리스천으로 의심되는 사람 중 성화를 밟은 사람은 배교(背教)를 인정받아 살아나고, 주춤거리거나 밟지 못하는 사람은 죽음을 맞았다. 후미에는 크리스천을 색출하는 잔인한 도구였다. 엔도 슈사쿠(遠藤周作)는 나가사키에서 이와 같은 후미에를 본 후 소설 〈침묵〉을 구상하기 시작했다고 한다. 소설 〈침묵〉의 마지막 부분으로 들어가 본다.

　"신부님! 기치지로입니다."

　"이제는 신부가 아니다. 빨리 돌아가는 게 좋다. 들키면 귀찮아진다."

　"저는 신부님을 팔아넘겼습니다. 성화 판에도 발을 올려놓았습니다."

　"그 성화 판에 나도 발을 얹었다. 그때 이 다리는 그분의 얼굴 위에 있었다. 내가 수백 번도 더 머리에 떠올린 얼굴 위에, 인간 중에 가장 착하고 아름다운 그 얼굴 위에……. 그 얼굴은 지금 성화 판에서 마멸되고, 움푹 파여, 슬픈 눈으로 이쪽을 보고 계신다."

　"이 세상에는 약자가 있습니다. 강자는 그 어떤 고통에도 굽히지 않고 천당에 갈 수 있겠지만, 저 같은 약자는 성화 판을 밟으라고 관리들이 고문하면……."

"강한 자도 약한 자도 없다. '강한 자가 약한 자보다 괴로워하지 않았다'고 그 누가 단언할 수 있을까."

주인공 기치지로와, 결국은 배교할 수밖에 없었고 '오카다 산에몬'이라는 일본 이름까지 하사받은 '로드리고' 신부의 대화 내용이다.

"소설가는 자신 속에 있는 여러 인격을 각각 독립시켜서 그것을 작중인물로서 그려나간다. '침묵'에 대해서 말한다면, 페레이라, 기치지로, 로드리고는 모두 나이며, 이노우에 치쿠고노카미(막부의 관리)도 역시 나 자신이다. 내가 나가사키를 걷기 시작했을 때 등장인물들은 아직 이름을 갖고 있지 않았다. 그러나, 항상 그들은 내 마음속에서 서로 이야기를 주고받고 있었다."

작가 엔도 슈사쿠가 밝힌 소설 속 주인공들에 대한 설명이다. 어쩌면 우리 모두의 마음속에 내재된 갈등(葛藤)일지도 모르겠다.

(2018-07-10)

쓰시마에 환생한 조선의 성녀

"도요토미 히데요시(豊臣秀吉)의 군대에 의해서 부모형제를 잃고 고향을 떠나온 소녀 오타 줄리아. 그녀는 규슈(九州) 히고(肥後)국 우도(宇土)의 크리스천 영주 고니시 유키나가(小西行長)와 그의 부인 쥬스타의 양녀(養女)가 되어 사랑을 듬뿍 받으면서 성장해 간다. 그러나, 어린 시절 조선에서 겪었던 전화(戰禍)의 기억을 가슴 속 깊이 묻고 있다."

실제로 존재했던 역사적 사실이다. 하지만 우리나라에서는 오타 줄리아에 대해서 아는 사람들이 그리 많지 않다. 그런데 일본의 유명 극단인 와라비 좌(座)가 오타 줄리아를 뮤지컬로 환생시켰다.

2014년 10월 1일 구마모토현 우도시(市)에서 규슈 순회공연을 시작한 이 뮤지컬이 지난 10월 24일 쓰시마(對馬島)에서도 펼쳐졌다. 이유인즉, 쓰시마가 오타 줄리아가 일본에 끌려갈 당시 잠시 머물렀

뮤지컬 〈줄리아 오타〉 포스터

던 곳이자, 그녀의 양부(養父) 고니시 유키나가(小西行長)와 관련이 많기 때문이란다.

임진왜란 당시 일본군의 중간 거점으로써 조선 침략의 결정적 역할을 했던 쓰시마 도주(島主) 소 요시토시(宗義智, 1568~1615)가 고니시의 사위이고, 고니시 마리아가 그의 딸이다.

뮤지컬 〈줄리아 오타〉는 쓰시마의 중심지역인 이즈하라(巖原)의 쓰시마시교류센터에서 오후 7시에 시작하는 것으로 예고돼 있었다.

"5시 반부터 관객들이 오셔서 기다립니다. 오타 줄리아에 대한 관심이 아주 높습니다. 놀라운 일입니다."

와라비 좌(座) 극단 이다 히사에(井田尙江) 씨의 말이다. 그녀의 말대로 여섯 시가 조금 지나자 관객들의 줄이 공연장 입구를 가득 메웠다. 총 700석을 갖춘 공연장은 2층을 개방하지 않고 1층(500석)만 열었다고 했다.

뮤지컬을 보기 위해 늘어선 쓰시마의 관객들

일본에서 줄은 필수. 본토와 150km나 떨어진 작은 섬 쓰시마도 일본임에 틀림없었다. 필자도 일본인들과 함께 줄을 섰다. 인파에 밀려 계획보다 10분을 앞당겨서 6시 20분부터 입장을 시작했다. 관객들은 상기된 얼굴로 공연장으로 들어갔다.

막(幕)이 오르자 어디선가 파도 소리가 들려왔다. 일상의 낭만적인 파도 소리가 아닌 격랑(激浪)이었다. 어둠 속에서 튀어나온 13명의 배우들이 춤과 노래를 부르며 무대를 흔들었다. 모두 하얀 소복 차림이었다.

"줄리아! 오타아! 오타아!"
"줄리아! 오타아! 오타아!"
"이것은 우리들의 이야기로다."

뮤지컬은 그동안 잘 알려지지 않았던 줄리아의 어린 시절과 성장 과정, 가난하고 불쌍한 사람들을 돕는 아름다운 마음씨를 부각시켰다. 특히, 줄리아가 약재(藥材)에 대해 지대한 관심을 표명하고 환자

공연의 서막

를 치료하는 일에 혼신의 노력을 기울이는 대목이 눈에 띄었다.

"어머니! 이 풀(草)을 보세요."

"아! 잘도 찾아냈구나."

"어머니, 이 풀의 이름은 무엇입니까?"

"호장(虎杖, 감제풀)이라는 것이다. 생명력이 아주 강하지. 상처를 낫게 하고, 병도 치료한단다."

유키나가가 설립한 시약원(施藥院, 궁핍한 사람들을 무료로 치료하는 시설) 일을 거들게 된 오타 줄리아는 가난해도 열심히 살려고 하는 사람들을 돕는다.

"우리와 출생 신분이 다른 조센징이다."

"신분에 조선, 일본이 따로 있나요? 사람은 다 같은 존재입니다."

줄리아는 조선인이라고 핍박받는 한 청년과 친구가 되어 "누군가를 위해 자신의 생명을 사용하고 싶다!"는 생각을 하면서 조선인 남매를 돕는다. 공연장은 침묵의 도가니! 조선인 청년과 나란히 앉아

쓰시마에 환생한 조선의 성녀

오타 줄리아와 고시니 쥬스타

서 부르는 노래가 눈물겨웠다.

"집으로 돌아가는 길이로구나.
여기 살랑거리는 봄꽃
여기 살랑거리는 봄꽃
그리운 고향은 어느 곳일까?"

이윽고 싸움터로 나가는 유키나가는 "싸움이 없는, 바다 저편 나라들과의 교역의 꿈"을 강조하면서, 무사와 이상의 사이에서 고민한다.

히데요시(秀吉) 측 편에 선 유키나가는 1600년 10월 21일 일본 중부 기후현의 세키가하라 전투에서 도쿠가와 이에야스(德川家康) 군대에 패해 죽임을 당한다. 일본의 법대로라면 그가 할복(腹切)을 해야 하나, 크리스천의 교리를 지키기 위해 이를 거부한다. 유키나가의 처형과 동시에 집안은 풍비박산.

"나는 누구일까? 나는 왜 여기에 있을까?"

오타 줄리아는 도쿠가와 이에야스의 시녀로 전락한다. 새로운 고난의 서막이다.

"줄리아! 넌 살아갈 가치가 없다."
"줄리아! 넌 무슨 이유로 이렇게 사니?"

줄리아는 궁(宮) 안의 측실 시녀들로부터 각종 야유와 굴욕을 당한다. 그런 가운데서도 크리스천의 본분을 지켜나가면서 꿋꿋이 살아간다.

오타 줄리아의 미모와 재기(才氣)에 반한 도쿠가와 이에야스는 그녀에게 자신의 측실이 되어 달라고 청한다.

"기리스탄(크리스천)에서 빠져 나와라! 나의 측실이 되어라."
"싫습니다. 저는 하느님의 딸입니다."
"꼴도 보기 싫다. 저 아이를 일본 밖의 섬 오시마(大島)에 유배시켜라."

2시간의 공연이 끝나자 우레와 같은 박수 소리가 터져 나왔다. 조용하던 공연장의 침묵이 일시에 깨진 것이다.

공연장 밖으로 나오자 오타 줄리아와 고니시 유키나가의 관련 자료를 사려는 사람들이 줄을 이었다. 공교롭게도 '오타(大田)'라는 60세 정도의 여인은 "너무나 멋진 공연이었습니다. 쓰시마 사람으로서 고니시 유키나가는 잘 알고 있었지만, 줄리아 오타에 대해서는 처

오타 줄리아 역을 맡은 우스이 료코

음 알았습니다. 정말 훌륭한 조선 여인입니다" 하면서 "실제로 이에 야스가 줄리아를 오시마(大島)에 유배 보냈나요?"라고 반문했다.

"그렇습니다. 태평양 한복판에 있는 이즈제도의 오시마로 보내졌 다가 최종적으로 고즈시마(神津島)에 유배됐고, 거기에서 약초를 캐 서 섬사람들의 병을 치료하고 복음을 전하다가 그 섬에서 생을 마감 했습니다."

말을 듣던 주변 사람들이 고개를 끄덕이면서 "그런데, 선생님은 어디에서 오셨나요?" 물었다.

"저는 서울에서 왔습니다."

"뭐라고요? 한국의 서울에서요?"

쓰시마 시청에서 팔에 채워준 보라색 완장 때문이다. 완장의 위력 은 대단했다. 2층 공연장 중앙에서 마음껏 사진 촬영을 할 수 있었 고, 관계자들과의 인터뷰도 사전 동의 없이 수시로 가능했다. 비공개 리허설 때는 더욱 자유로웠다.

쓰시마에서 고급 일식집을 운영하고 있는 시마모토 미호코(島本

美穂子) 씨는 오타 줄리아에 대해서 많이 알고 있었다.

"이 지역과 관계가 있는 스토리라서 평소 관심을 가지고 있었습니다. 고니시 유키나가의 딸 마리아의 신사(神社)도 이곳에 있습니다. 저는 공연 포스터를 보고 일찌감치 표를 예매했습니다. 저의 친구들도 많이 왔습니다."

관객들은 대체로 여성들이 많았다. 드물게 중학생도 있었다. 한 중학생은 공연을 본 소감에 대해 "배우들의 노래와 춤이 멋이 있었다"고 했다. 서로가 관심 대상이 다른 것이다.

직접 각본을 쓰고 연출한 스즈키 히가시(鈴木 Higashi) 씨는 "지금까지 알려지지 않은 오타 줄리아의 살아온 과정과 인간미 중심으로 조명했다"고 했다. 그는 또 "어려운 시대에 슬픔에 빠지지 않고 용기를 보여준 주인공 오타 줄리아가 키운 꽃의 관점에서 들여다봤다"면서 "양국 관계가 과거의 아픔에서 벗어나 미래 지향적으로 나아가길 바란다"고 했다. 이어서 스즈키 씨는 한국 공연에 대한 의욕도 나타냈다.

오타 줄리아 역(役)을 맡은 주연배우 우스이 료코(碓井凉子) 씨는 약간은 피곤한 모습으로 필자의 질문에 다음과 같이 겸손하게 답했다.

"공연을 거듭할수록 오타 줄리아의 역할이 너무 어렵다는 생각이 들었습니다. 그토록 숭고하고, 고결한 그녀의 내면을 표현하기가 어려웠기 때문입니다. 수차례의 공연을 했지만, 제 스스로 그분의 몇 분의 일, 아니 몇십 분의 일에도 못 미친다는 생각뿐입니다."

고니시 유키나가의 부인 쥬스타를 시작으로 1인 4역을 소화해 낸 노련한 배우 마루야마 유코(丸山有子) 씨는 다소 흥분된 목소리로 말했다.

"지난 7월 대본을 받아들고 처음으로 오타 줄리아에 대해서 알게 됐습니다. 400여 년 전의 시대에 이토록 고결하고 아름다운 조선 여인이 있었다는 그 자체만으로도 놀라운 일이었습니다."

와라비 좌(座) 극단 요원들은 "이날 밤 자정까지 뒤처리를 하고 다음 날 아침 8시 페리로 후쿠오카로 돌아간다"고 했다. 26일 나가사키(長崎)에서의 공연을 위해서다.

400년이 지난 오늘도 이토록 일본인들이 오타 줄리아에 매료되는 이유가 무엇일까. 오타 줄리아가 온갖 어려움 속에서도 스스로 세운 신념을 잃지 않고 꿋꿋하게 살았기 때문일 것이다.

작은 섬 쓰시마에서 뮤지컬로 환생한 조선의 꽃 '오타 줄리아!' 그녀는 영원히 시들지 않고 우리 곁에 피어 있다.

(2014-11-04)

기도단에 얽힌 비밀을 풀다

"이 덕 많은 여인은 성경책을 읽고, 기도하는 데 밤의 많은 시간을 이용합니다. 이는 그녀가 궁중에서의 봉사 의무를 수행하고, 우리의 성스러운 계율에 적대적인 쿠보(公方)나 그 부인들과 같은 이교도들 사이에서 생활하기 때문에 낮에는 시간을 낼 수 없어서입니다. 그 같은 신앙생활을 위해서 그녀는 은밀한 장소에 조그만 기도단을 차려 놓았는데 너무나 교묘하게 만들어서 그 누구도 이를 발견하거나 우연히 마주칠 수도 없습니다."

히람(Juan Rodrigues Giram, 1558~1629) 신부가 예수회 총장신부에게 보낸 서한 가운데 한 구절이며, 슨푸성에서 지내던 시절에 오타 줄리아가 어떻게 이교도들 사이에서 비밀스럽게 신앙을 지켰는지 잘 보여준다. 히람 신부는 그녀가 남들 자는 밤에 몰래 성경책을 읽고 기도를 한다고 보고하고 있으며, 은밀한 장소에 '누구도 발견하거나 우연히 마주칠 수도 없는' 그녀만의 조그만 기도단을 만들어 놓았다고 했다. 대체 어디에 어떻게 만든 기도단이기에 그토록 '교묘하고' 그토록 은밀할 수 있었을까? 이에 대한 궁금증을 오래도록 품고 있던 필자에게 어느 날 놀라운 소식 하나가 전해졌다. 시즈오카(靜岡)에 있는 호다이인(寶台院)이라는 절(寺)에 오타 줄리아의 기도단이 아직도 보관되어 있다는 것이었다.

필자는 즉시 그 절로 찾아갔다. 한적한 경내에서 할머니 한 사람이 석등에 물을 뿌리면서 청소를 하고 있었다. 그 할머니가 청소를 하고 있는 그 석등이 바로 오타 줄리아의 기도단이라고 했다. 사람들은 그 석등을 '오타 줄리아의 석등' 혹은 '크리스천 석등'이라고 부르고 있었다. 사찰에 보관된 크리스천 석등, 그 미스터리 같은 석등에 관한 이야기는 그 절의 주지스님에게서 들을 수 있었다.

"여기를 보세요. 맨 아래에 '성모 마리아 상(像)'이 새겨져 있습니다. 본래는 땅속에 묻혀 있던 부분이지요."

그 말을 듣자 '누구도 발견할 수 없고 우연히 마주칠 수도 없을 만큼' 은밀하게 만들어졌다는 오타 줄리아 기도단의 비밀이 단박에 이해되었다. 성모 마리아를 새긴 아랫단이 아예 땅속에 묻혀 있었던 것이다. 땅 위로 드러난 부분은 일본은 물론 우리나라의 어느 사찰에 가더라도 흔히 볼 수 있는 불교식 석등과 하나도 다를 것이 없었다.

오타 줄리아가 기도하던 석등 : 슨푸성 인근 시즈오카의 한 사찰에 보관된 것으로, 기독교 금교령 이후 슨푸성에서 외부로 유출된 것으로 보인다. 상단은 촛불을 켜는 석등이고, 아래에 성모 마리아 상이 부조되어 있다.

"자세히 보시면 십자가도 보입니다. 아무도 모르게 사각형 돌에 약간의 돌출을 준 정도로 새긴 십자가입니다."

그러고보니 십자가 문양도 선명하게 보였다. 필자는 새로운 궁금증에 스님에게 다시 물었다.

"그렇군요. 놀라운 일입니다. 그런데, 이 석등은 누가 만들었나요?"

스님의 이어지는 대답 역시 필자에게는 놀라운 것이었다.

"전국시대의 무장이자 다인(茶人)인 후루타 오리베(古田織部, 1544~1615) 선생이 만들었다고 전해지고 있습니다."

후루타(古田)가 크리스천과 관계가 있는지는 알 수 없으나, 오타 줄리아의 석등을 그가 만든 게 사실이라면 그것만으로도 이 석등의 가치는 한참 올라가게 될 것이 분명했다.

고니시(小西)가 처형을 당한 후 슨푸성에서 기거하게 된 '오타 줄리아'는 외부의 신부님들과 자주 접촉하기 어려웠고, 이 기도단 앞에서 몰래 기도하며 신앙생활을 유지했던 것이다.

한편, 이 사찰에는 도쿠가와 이에야스(德川家康)의 측실 '사이고노 쓰보네(西郷の局)'의 묘지도 있었다. 그녀는 27세에 도쿠가와 이에야스의 측실이 되어 1579년 4월 이에야스(家康)의 세 번째 아들 히데타다(德川秀忠, 1579~1632)를 낳았다. 그가 바로 이에야스의 뒤를 이은 2대 쇼군이다. 그녀는 1589년 5월, 38세의 젊은 나이로 생을 마감했다.

필자는 이에야스의 측실 '사이고노 쓰보네'의 묘지와 측실을 거부한 '오타 줄리아'가 기도하던 석등이 나란히 있는 데 대한 퍼즐(puzzle)을 맞추지 못한 채 호다이인(寶台院)과 작별했다.

(2017-06-30)

오타 줄리아 관련 주요사건 연표

1549년 : 프란시스코 사비에르(Francisco Xavier), 코스메 드 토레스
(Cosme de Tones), 후안 페르난데스(Juan Femandes) 수사 등이
첫 일본 전교 시작

1587년 : 도요토미 히데요시, 신부 추방령 발령

1588년 : 고니시 유키나가, 히고(肥後)국 우도(宇土)를 거점으로 마시
키(益城)·아마쿠사(天草)·야쓰시로(八代) 통치

1592년 : 임진왜란 발발

1593년 : 세스페데스(Gregorio de Cespedes) 신부, 조선에 주둔한 고
니시 유키나가의 왜성 방문

1596년 : 오타, 우도성에서 베드로 모레홍(Petro Morejon) 신부에게
'줄리아' 세례명으로 세례

1597년 : 도요토미 히데요시, 나가사키(長崎)의 니시자카(西坂) 언덕
에서 가톨릭 신부·신도 등 26명 처형(첫 순교, 일본 26성인).

1598년 : 도요토미 히데요시 사망

1598년 : 고니시 유키나가 귀국

1600년 : 고니시 유키나가, 세키가하라 전투 패배로 참수형. 줄리아,
　에도의 이에야스 궁궐로 이주

1604년 : 사명대사를 정사로 하는 조선 사신단 일본 파견

1605년 : 도쿠가와 이에야스, 에도에서 슨푸성으로 이주

1607년 : 슨푸성 화재 발생

1612년 : 도쿠가와 이에야스, 천주교 금교령 발령. 줄리아, 유배형

1614년 : 선교사 추방령 발령

1616년 : 도쿠가와 이에야스 사망

1619년 : 줄리아, 나가사키에서 재판에 회부됨(성 콘프라디아 활동)

1620년 : 줄리아, 오사카에서 극빈생활을 하며 활동

1624년 : 가이오 수사, 나가사키에서 순교(화형)

1626년 : 권 비센떼(빈첸시오), 나가사키에서 순교(화형)

오타 줄리아 관련 주요 인물들

1) 선교사와 신자들

○ **프란시스코 사비에르(Francisco Xavier, 1506~1552)** : 일본에 최초로 기독교를 전
래한 선교사. 1550년 8월 나가사키의 히라도(平戶)에 들어가서 선교 활동
시작.

○ **그레고리오 드 세스페데스(Gregorio de Cespedes, 1551~1611)** : 예수회 신부. 1593
년 조선에 온 최초의 서양인 선교사. 인도의 고아에서 서품을 받고 일본으
로 입국. 임진왜란 발발 이듬해(1593) 12월 27일, 지금의 진해인 웅천(熊川)에
도착. 1594년 일본으로 돌아가 전교 활동. 많은 조선인 피랍자들을 대상으
로 전교하여, 당시 일본의 조선인 천주교 신자가 2,000명에 이르게 되는 데
크게 기여.

○ **베드로 모레홍(Petro Morejon, 1562~1639)** : 예수회 신부. 1590년 일본에 입국,
고니시 유키나가의 우도성이 위치한 규슈의 시기(志岐)에서 예수회 수도원
장 재임. 1596년 5월 줄리아에게 세례. 임진왜란으로 끌려 온 많은 조선인

포로들을 신앙으로 인도. 1614년 마닐라로 추방되어 마카오에서 선종.

o **루이스 프로이스(Luis Frois, 1532~1597)** : 포르투갈 출신의 예수회 선교사. 1563년 일본에 들어가 예수회 총장신부의 명을 받고 일본 전역을 돌며 일본의 선교 역사를 정리하는 일에 몰두, 그 결과를 『일본사』로 간행. 책에 오타 줄리아 관련 기록 수록. 나가사키(長崎)에서 사망.

o **브뤼기에르(Barthelemy Bruguiere, 1792~1835)** : 한국천주교 초대 교구장 (1831~1835). 조선으로 부임하던 도중 중국에서 선종. 서한 중에 〈조선천주교회 약사〉를 수록하고, 거기서 오타 줄리아에 대해 기술.

o **루이스 메디나(Juan G. Ruiz de Medina, 1927~2000)** : 『한국천주교 전래의 기원 (1566~1784)』의 저자[일본에서는 『머나먼 까울리(遙かなる高麗)』로 출간]. 저서에서 오타 줄리아의 신앙생활 등 자세히 기록.

o **가이오(Caius, 1572~1624)** : 나가사키에서 화형을 당한 조선 출신 수사. 임진왜란 때 왜병의 포로가 되어 일본으로 끌려가 교토(京都)의 한 절에서 살다가, 불교는 자기가 찾는 진리가 아님을 깨닫고 하산하여 예수회(耶蘇會) 학교에서 교리를 배우고 천주교로 개종, 예수회 전교사로 활동. 1614년 필리핀 마닐라로 추방되었다가 2년 후 다시 일본으로 귀환하여 전교사로 활약. 금교령(禁教令)이 내려진 상황에서 감옥에 갇힌 신자들을 위문하러 갔다가 붙잡혀, 1624년 나가사키(長崎)에서 순교(화형).

o **권 비센떼(빈첸시오, 1581~1626)** : 조선인 최초의 수사. 서울 출신의 양반자제로, 임진왜란 발발 이듬해(1593년)에 13세의 나이로 고니시 유키나가의 포로가 됨. 세스페데스 신부의 손에 이끌려 쓰시마 도주의 아내이자 유키나가의 딸인 마리아에 의해 양육. 교토신학교를 거쳐 1603년부터 예수회 수사(修士)가 되어 전도 활동. 천주교 탄압을 피해 나가사키의 시마바라 반도에 숨

어 소라 신부 등과 5년 동안 일본인 및 그들에게 잡혀 온 조선인들에게 전교. 1625년 체포되어 다음 해 6월 20일 소라 신부 및 바세코 신부 등과 함께 나가사키에서 순교(화형).

- o **오무라 스미다테(大村純忠, 1533~1587)**: 1563년 토레스 신부로부터 세례를 받은 일본 최초의 크리스천 다이묘(大名). 1570년 나가사키의 개항 승인.

- o **다카야마 우콘(高山右近, 1552~1615)**: 잠복(潛伏) 크리스천 중의 한 사람. 그가 숨어 지내던 가가(加賀) 현에는 1,500명의 신자들이 몰려들기도 함. 1614년, 여러 나라의 국적을 가진 기독교인 350명(가이오 포함)과 나가사키 항에서 필리핀의 마닐라로 추방됨. 마닐라 도착 40일 만에 사망.

2) 고니시 집안 인물들

- o **고니시 유키나가(小西行長, 1558~1600)**: 천주교 신자(세례명 Augustino)인 일본의 무장. 도요토미 히데요시의 가신으로 임진왜란 때 선봉에 섬. 히데요시 사후 이시다 미쓰나리(石田三成)와 한패가 되어 도쿠가와 이에야스(德川家康)와 싸웠으나 패하여 처형됨.

- o **고니시 쥬스타(小西ジュスタ)**: 유키나가의 부인.

- o **고니시 유키가게(小西行景, 1561~1600)**: 유키나가의 동생. 형이 참수된 후 할복.

- o **고니시 효고(小西兵庫, 1588~1600)**: 유키나가의 아들. 아버지의 세키가하라 전투 패배 당시 12세로, 모우리 테루모토(毛利輝元)에게 맡겨져 있다가 히로시마에서 참수됨.

- o **소 요시토시(宗義智, 1568~1615)**: 쓰시마(対馬)의 영주이자 유키나가의 사위.

○ **고니시 마리아(小西マリア)**: 유키나가의 딸. 소 요시토시의 부인. 부친 유키나가의 참수 후 쓰시마에서 쫓겨나 나가사키에서 예수회의 도움으로 피신 생활.

○ **고니시 만쇼(小西マンショ, 1600~1644)**: 고니시 마리아의 아들이자 고니시 유키나가의 외손자. 1628년 로마에서 사제로 서품되고, 1644년 일본에서 순교.

3) 오타 줄리아 시대의 권력자들

○ **오다 노부나가(織田信長, 1534~1582)**: 일본 전국시대의 통일 기반을 다진 다이묘(大名). 주군 가문의 영토와 지위를 빼앗는 하극상을 일으켰고, 주변국들을 복속시키며 세력을 키움. 무로마치 막부에서 쇼군이 살해되는 변이 일어나자 쇼군 가문 출신 아시카가 요시아키를 받들어 교토로 상경, 권력을 장악. 이후 아자이, 아사쿠라, 다케다 등 유력 가문들을 공략하여 모두 굴복시켜 사실상 전국시대의 패자가 됨. 서쪽의 유력세력인 모리 가문을 치기 위해 혼노지에 머물던 중 부하 아케치 미쓰히데의 배신으로 사망.

○ **도요토미 히데요시(豊臣秀吉, 1537~1598)**: 평민에서 통일 일본의 맹주가 된 일본 전국시대의 간바쿠(關白). 1558년부터 오다 노부나가를 섬긴 이후 거듭 전공을 세워 중용되기 시작, 1573년 아자이 가문을 멸망시킨 후 그 땅인 나가하마에 성을 쌓아 성주가 됨. 1582년 아케치 미쓰히데의 반란인 '혼노지의 변'으로 노부나가가 죽자, 주고쿠 침공 중이던 자신의 군대를 돌려 배신자 미쓰히데를 처형. 이 일을 계기로 권력을 장악한 후, 노부나가의 아들들을 제거하고 도쿠가와 이에야스 등 각 지역의 다이묘들을 굴복시켜 일본 국내 통일을 달성. 1592년 조선을 침략했으나 패했고, 1598년 후시미 성에

서 사망.

○ **도쿠가와 이에야스(德川家康, 1542~1616)** : 전국시대 최후의 패자(霸者). 에도막부의 초대 쇼군. 어린 시절 오다 가문에 이어 이마가와 가문에서 인질 생활을 함. 성인이 된 후 이마가와 가문의 가신으로 활동하였으나, 주군 이마가와 요시모토가 오케하자마 전투에서 전사하자 그 가문과 결별하고 독립. 이후 오다 노부나가, 도요토미 히데요시 밑에서 인고의 세월을 견디며 힘을 비축함. 도요토미 히데요시 사망 후 세키가하라 전투를 통해 전국의 패권을 쥐었고, 이를 기반으로 에도막부를 개창. 이후 오사카성 전투를 통해 도요토미 가문을 멸망시킴. 이로부터 메이지 유신까지 약 260여 년간 일본에서는 에도 막부 시대가 이어지게 됨.

오타 줄리아

초판 1쇄 인쇄   2018년 10월 18일
초판 1쇄 발행   2018년 10월 22일

지은이 안병호 안토니오 · 장상인

펴낸이 김환기
펴낸곳 도서출판 이른아침
주 소 경기도 파주시 회동길 445-1 경인빌딩 B동 402호
전 화 02)3143-7995
팩 스 02)3143-7996
등 록 2003년 9월 30일 제 313-2003-00324호
이메일 booksorie@naver.com

ISBN 978-89-6745-080-9 03810
정가 15,000원